KB007506

그래도 나는
피었습니다

그래도 나는 피었습니다

1판 1쇄 발행 2016년 9월 23일
1판12쇄 발행 2023년 8월 1일

지 은 이   문영숙
펴 낸 이   김형근
펴 낸 곳   서울셀렉션㈜
편   집   김유진
디 자 인   정현영

등   록   2003년 1월 28일(제1-3169호)
주   소   서울시 종로구 삼청로 6 출판문화회관 지하 1층 (우03062)
편 집 부   전화 02-734-9567 팩스 02-734-9562
영 업 부   전화 02-734-9565 팩스 02-734-9563
홈페이지   www.seoulselection.com

ⓒ 2016 문영숙

ISBN 978-89-97639-65-6 03810

책 값은 뒤표지에 있습니다.
잘못된 책은 구입하신 서점에서 바꾸어 드립니다.

* 이 책의 내용과 편집 체재의 무단 전재 및 복제를 금합니다.

그래도 나는
피었습니다

문영숙 지음

서울셀렉션

차례

1937 ~ 2016

외할머니가
사라졌다

2016년, 서울

유리가 중학교를 졸업하는 날이었다. 졸업식 후 엄마아빠와 함께 외식하고 집 현관으로 막 들어설 때였다. 집 전화가 요란하게 울리고 있었다.

"누구지? 혹시!"

엄마 눈이 갑자기 커졌다. 유리도 금세 외할머니를 떠올렸다. 집 전화는 거의 외할머니만 쓰던 전화였기 때문이다. 외할머니가 집을 나간 후로는 한 번도 들어 본 적이 없는 전화 소리였다. 유리는 얼른 뛰어가 전화기를 집어 들었다.

"여보세요? 누구세요?"

전화기에서 낯선 여자의 목소리가 들렸다.

"아, 네. 이제야 받으시네요. 아침부터 계속 걸었는데……, 여긴요, 나눔의 집이에요."

"나눔의 집요? 전화 잘못 거신 거 같아요."

유리가 전화기를 내려놓으려 할 때였다. 다급한 목소리가 들려왔다.

"여보세요? 잠깐만요!"

유리는 전화기를 다시 귀에 댔다.

"누굴 찾으시는데요? 여긴 나눔의 집이랑 아무 관계가 없어요. 잘못 거셨다니까요!"

유리가 짜증을 내는 순간, 귀가 번쩍 뜨이는 말이 들려왔다.

"혹시 허춘자 씨 아는 분 아니세요? 확인해야 할 일이 있어서요."

유리는 숨을 흡! 들이마셨다.

"허, 허춘자라고요?"

뒤따라 거실에 들어선 엄마가 얼른 전화기를 빼앗았다.

"여, 여보세요? 허춘자 씨를 아세요?"

허춘자는 외할머니의 이름이었다. 유리는 가슴이 쿵쿵 뛰었다.

"여보, 누구야! 장모님을 찾았대?"

아빠도 엄마 옆으로 다가와 전화기에 귀를 기울였다. 엄마가 급히 수화기를 오른손으로 바꿔 쥐었다.

"네. 말씀하세요. 저는 허춘자 씨의 딸이에요. 허춘자 씨 지금 어디 계세요?"

금세 외할머니에게 달려갈 것 같던 엄마의 목소리가 화들짝 놀라 물었다.

"네? 뭐, 뭐라고요?"

엄마가 갑자기 하늘이라도 무너진 것처럼 허둥거렸다.

"그, 그럼! 아! 그게 정말이에요? 아, 안 돼요. 어떻게 그럴 수가."

엄마가 간신히 진정하고 다시 물었다.

"거기가 어딘데요? 아. 네, 광주라고요! 알았어요. 바로 갈게요."

엄마가 전화기를 내려놓고 두 손으로 머리를 감싸며 울음을 터뜨렸다. 아빠가 엄마의 어깨를 다독이며 걱정스럽게 물었다.

"여보! 왜 그래? 무슨 일이야?"

"엄마가. 흐흑, 엄마가 돌아가셨대요. 아, 아닐 거예요. 그럴 리가 없어요."

"여보, 진정해. 잘못 걸려온 전화인지도 모르잖아. 자세히 물어보지도 않고 전화를 끊으면 어떡해?"

"분명히 허춘자라고 했어요. 우리 엄마 이름이 허춘자 맞잖아요. 광주 장례식장이래요. 일단 가 봐야…… 아, 뭐가 뭔지 모르겠어요. 말도 안 돼. 아닐 거야. 돌아가시다니 말도 안 돼."

유리는 3년 전 그날이 떠올랐다. 바로 유리가 초등학교를 졸업하던 날이었다.

그날, 유리는 친구들과 피자를 먹고 영화를 보기로 했다. 졸업식이 끝나고 엄마와 외할머니랑 사진을 찍을 때도, 유리의 마음은 벌써 친구들 곁으로 달려갔다. 외할머니는 한 손에 꽃다발을 들고, 다른 한 손으로는 유리를 감싸 안고 안개꽃 무리 속의 분홍장미보다 더 환하

외할머니가 사라졌다

게 웃으며 사진을 찍었다.

유리는 엄마와 외할머니랑 얼른 헤어지고 친구들끼리만 어울리고 싶었다. 엄마는 유리의 마음을 헤아려 주었다. 하지만 외할머니에게 친구들끼리라는 건 어림없을 터였다. 유리는 졸업장과 소지품을 엄마에게 맡기며 눈빛으로 구원을 요청했다. 유리가 교실로 가는 척하며 친구들이 기다리는 곳으로 가려고 몸을 돌릴 때였다. 외할머니가 깜짝 놀라 유리에게 물었다.

"혼자서 어딜 가려고?"

엄마가 교문 쪽으로 발을 내디디며 외할머니의 손을 잡아끌었다.

"유리는 교실에서 친구들이랑 할 일이 남았대요. 우리 먼저 가요."

외할머니가 엄마 말에 세상이 두 쪽이라도 난 것처럼 엄마에게 눈을 치떴다.

"유리 혼자 놔두고 우리만 집에 간다고!"

"엄마, 이제 유리도 어린애가 아니에요. 열세 살이나 됐어요. 그러니 오늘은 친구들이랑 어울리게 그냥 놔두세요."

외할머니가 엄마에게 버럭 화를 냈다.

"넌 어미가 되어서 어떻게 그렇게 천하태평이냐? 난 기다렸다가 유리랑 들어갈 테니 너 먼저 가거라."

유리는 숨이 턱 막혔다. 외할머니를 몰래 따돌리려 했는데, 한숨이 절로 나왔다.

"할머니, 엄마랑 먼저 들어가세요. 저도 금방 집에 갈게요."

외할머니가 고개를 절레절레 저었다.

"유리야, 넌 지금 열세 살이야. 너 혼자 다니면 안 돼. 이 할미가 아무 참견도 하지 않고 그냥 옆에 있을 테니, 너 하고 싶은 대로 해라."

유리는 아무 참견도 하지 않겠다는 외할머니 말에 더 짜증이 났다.

"할머니, 저 혼자가 아니라 친구들이랑 같이 있을 거라고요! 엄마랑 집에 가세요. 제발."

그때였다. 기다리던 친구들이 유리에게 다가왔다.

"야, 최유리. 뭐해! 배고파. 빨리 가자!"

같은 반 남자애가 유리의 팔을 잡아당겼다. 그때였다.

"손 놓지 못해? 어디에 함부로 손을 대? 냉큼 놓지 못해!"

외할머니가 주름이 자글자글한 손으로 남자아이의 팔을 힘껏 내리쳤다.

친구들의 눈이 휘둥그레졌다. 그 애가 얼굴을 찡그리며 투덜거렸다.

"아우, 아파요. 할머니, 저 유리랑 같은 반 친구예요. 야, 넌 도대체 유리 공주에서 언제 졸업하냐?"

유리는 울고 싶었다. 짓궂은 남자애들은 유리를 유리 공주라고 불렀다. 외할머니가 보호해주지 않으면 쨍그랑 깨질 거라며 놀려댔다. 유리는 그 별명도 너무 싫었다.

"할머니, 제발 저 좀 혼자 내버려두세요! 강아지처럼 졸졸 따라다니지 좀 마시라고요!"

유리는 외할머니에게 명령하듯 말하고 친구들을 향해 소리쳤다.

외할머니가 사라졌다

"얘들아! 뛰자!"

유리와 친구들은 달리기 시합을 하듯 한꺼번에 교문 밖으로 뛰어나갔다. 외할머니가 유리를 부르며 쫓아왔다. 그러나 나이가 많아서 걸음도 휘청거리는 외할머니가 꽃사슴처럼 내달리는 예비중학생들을 따라잡을 수는 없었다. 유리와 외할머니의 거리는 점점 더 벌어졌다.

유리는 뒤도 돌아보기 싫었다. 외할머니보다 친구들의 마음을 얻는 게 훨씬 더 중요했다. 외할머니의 존재는 떼어 내려고 하면 할수록 더 찰싹 들러붙는 도깨비바늘 같았다. 유리는 외할머니가 안 보이는 곳으로 멀리 달아나 버리고 싶었다.

외할머니는 유리가 어렸을 때부터 혼자 밖에 두지 않았다. 유리가 학원에 가면 학원 문 앞에서 기다렸고, 학교가 늦게 끝나면 교문에서 발을 동동거리며 기다렸다. 유리가 조별 활동 때문에 학교 밖에서 같은 반 남자애들과 함께 있을 때도, 마치 그 애들이 치한이기라도 한 듯 막무가내로 유리의 손을 움켜잡고 집으로 끌고 온 게 한두 번이 아니었다. 길을 걷다가도 낯선 남자가 유리 곁을 지나치면, 화들짝 놀라 유리를 감싸 안았다가, 남자가 멀어진 다음에야 팔을 풀었다.

유리는 친구들과 함께 피자와 떡볶이, 김밥까지 시켜놓고 오랜만에 신나게 떠들며 먹었다. 외할머니가 곁에 없으니 무척 홀가분했다. 영화관으로 들어가니, 그곳은 외할머니의 기운이 미치지 못하는 별천지 같았다.

영화가 끝나고 밖으로 나왔을 때였다. 출구에서 외할머니가 안절부절못한 채 사방을 두리번거리고 있었다. 유리는 갑자기 다리 힘이 풀렸다. 외할머니는 유리를 보자마자 허둥지둥 달려와 유리를 얼싸안았다.

"유리야! 아이고, 내 새끼. 얼마나 걱정했다고!"

친구들이 유리를 제쳐놓고 몰려나가며 쿡쿡거렸다.

"유리 공주 졸업 할 날은 아직도 까마득하구나."

유리는 기가 막혔다. 그렇다고 친구들 앞에서 외할머니에게 투정을 부릴 수는 없었다. 외할머니는 유리의 손을 꼭 움켜쥐고 절대 놓치지 않겠다는 듯이 힘을 주었다.

"밥은 먹었냐?"

"……."

"우리 유리가 어느새 이렇게 컸누? 제법 처녀티가 나는구나. 이제 더 조심해야 해"

"……."

"왜 대답이 없어?"

"……."

집까지 오는 동안 유리는 입을 풀로 붙인 것처럼 한마디도 대답하지 않았다. 외할머니의 관심은 오로지 유리를 옭아매고 숨통을 조이는 데 있는 것 같았다.

유리는 집에 도착하자마자 엄마에게 푸념을 쏟아냈다.

"엄마, 나 미칠 것 같아. 할머니만 보면 숨이 막힌다고. 죽을 것 같단 말이야."

유리는 너무 속이 상해서 얼굴이 벌겋게 달아오르고 손도 부들부들 떨렸다.

"우리 유리, 오늘 고단했을 거다."

외할머니는 혀를 쯧쯧 차며 방으로 들어갔다.

"아우, 정말 지겨워 죽겠어."

유리가 투덜대자 엄마는 말을 함부로 한다고 눈을 흘겼다.

"엄마도 힘들었다며? 이제 날 좀 내버려두라고 엄마가 할머니 좀 말려줘. 친구들이 날 이상한 애로 보잖아. 애들이 나보고 뭐랬는 줄 알아? 어릴 때 성폭행당한 것 같대. 그래서 할머니가 나를 지나치게 보호하는 거 아니냐고 물었단 말이야. 아우, 진짜 창피해 죽겠어!"

그때였다. 외할머니가 방에서 나와 유리를 나무랐다.

"어떤 녀석이 그런 말을 했어? 엉, 내 가만 안 둘 테다. 유리야, 다 너를 위해서 그런 거야. 네가 세상 험한 꼴을 몰라서 그런다."

유리는 더는 참을 수가 없었다.

"할머니, 친구들이 저를 유리 공주라고 놀리는 것 보셨잖아요. 할머니가 지긋지긋해요. 할머니 때문에 숨 막혀 못 살겠다고요!"

엄마가 눈을 동그랗게 뜨고 유리를 나무랐다.

"야! 최유리, 할머니한테 말버릇이 그게 뭐니?"

"엄마도 예전에 할머니의 집착이 지긋지긋했다며!"

"그래. 유리야, 네 기분 알아. 그렇지만……."

"엄마도 알면 나 좀 숨 쉬게 해줘요. 진짜 숨이 콱콱 막힌다니까!"

엄마가 한숨을 내쉬며 외할머니에게 말했다.

"엄마, 나도 진짜 힘들었어요. 유리가 오죽하면 저러겠어요."

외할머니가 고개를 저었다.

"난 너를 정말로 애지중지하며 길렀어. 유리도 그렇게 커야 하고."

엄마도 고개를 저으며 외할머니에게 하소연하듯 말했다.

"엄마, 애지중지 키우는 건 좋은데 유리가 숨이 막힌다잖아요? 나는 엄마 딸이니까 겨우 참았지만, 유리는 엄마 손녀잖아요. 그리고 요즘 열세 살이면 다 큰 애들이에요. 유리 힘들어하는 거 정말 못 보겠어."

엄마의 말이 효과가 있는 것 같았다. 외할머니가 아이고 저런 저런, 하면서 거푸 한숨을 내쉬었다. 유리는 제발 외할머니 자신이 지나친 집착증 환자라는 걸 깨닫길 빌었다. 한참 만에 외할머니가 말했다.

"너희들은 몰라. 모르지. 알 턱이 있겠니."

외할머니의 얼굴에 슬픔이 가득해 보였다. 외할머니가 한숨을 길게 내쉬더니 혼잣말하듯 말했다.

"나도 그러고 싶지 않은데 그게 안 된단 말이다. 어느 땐 내가 너무 하나 싶다가도 끔찍한 꿈이라도 꾼 날은 안절부절못하겠어."

엄마가 외할머니를 달래듯 말했다.

"엄마는 예전부터 그랬잖아요. 맘대로 안 된다고. 그러니까 우리 병원에 한 번 가 봐요."

외할머니가 사라졌다

외할머니가 아까보다 더 깊이 한숨을 내쉬었다.

"병원엔 안 간다. 가도 소용없어. 아이고, 나도 살 만큼 살았다. 인제 그만 죽어야지. 이 한 많은 세상, 얼른 떠나야지."

외할머니의 눈에 맺힌 눈물이 뺨을 타고 주르르 흘러내렸다. 엄마가 휴지를 뽑아 외할머니에게 내밀었다.

"엄마, 유리 좀 편하게 해주자는데 죽는단 말이 왜 나와요! 아우, 정말 나도 미치겠어."

유리는 슬그머니 방으로 들어갔다.

엄마와 외할머니 사이에 잠시 언성이 높아졌다.

"옛날부터 엄만 정상이 아니었어요. 나한테도 집착이 심했잖아. 나도 정말 숨을 쉴 수 없었다고요. 엄마도 힘들었을 거야. 그러니까 병원에 가서 도움을 받아 보자고요."

"아니다. 아냐. 그럴 필요 없어."

"왜 무조건 싫다고 그래? 나도 엄마 때문에 얼마나 짜증 났다고. 한밤중에 뛰쳐나가 거리를 떠돌지 않나, 엄청 추운 한겨울에 속에서 불이 난다며 창문을 다 열어놔 덜덜 떨게 하질 않나. 이젠 유리까지 힘들어하잖아. 도대체 왜 화병이 생겼는지 진찰 좀 받아보자고!"

"내 병은 내가 알아. 병원에 간다고 나을 병이 아니야. 아무것도 아니다."

"뭐가 아무것도 아니에요? 아버지도 엄마 때문에 얼마나 힘들어했는데! 원인이 뭔지 검사해 보고 치료를 받자니까요!"

엄마 목소리가 유리 방까지 쩌렁쩌렁 울렸다.

"글쎄, 그런 병이 아니라니까!"

외할머니의 목소리도 엄마 목소리 못지않았다.

"아니긴 뭐가 아니야? 엄마 때문에 유리까지 미칠 것 같다잖아!"

유리는 귀를 막고 책상에 엎드렸다. 외할머니가 어딘가로 감쪽같이 증발해버렸으면 좋겠다는 생각이 또 스멀거렸다.

그런데 이튿날 새벽, 외할머니는 정말 연기처럼 사라졌다. 처음 며칠 동안은 곧 돌아올 줄 알았다. 그러나 외할머니는 일주일, 열흘, 한 달이 지나도 돌아오지 않았을 뿐만 아니라, 감쪽같이 자취를 감추어버렸다. 엄마는 경찰서에 가출신고를 하고, 외할머니를 찾아 헤맸다. 혹시 사고를 당한 건 아닐까 해서 여러 병원을 뒤지고 다녔지만 헛일이었다. 유리는 외할머니가 자기 때문에 집을 나간 것만 같아 항상 마음이 무거웠다.

그로부터 3년이 지난 바로 오늘 중학교 졸업식 날, 외할머니의 부음이 날아온 것이다.

외할머니가 사라졌다

엄마의
비밀

2016년, 나눔의 집

유리는 허겁지겁 현관을 나서는 엄마아빠를 배웅했다.

'도대체 외할머니에게 무슨 일이 있었던 걸까.'

유리는 거실을 서성이다 문득 장식장 속 사진에 눈길이 갔다. 초등학교 졸업식 날 찍은 기념사진이었다. 사진 속에서 외할머니가 유리를 보며 환하게 웃고 있었다. 유리는 사진 속의 외할머니와 눈을 맞출 수가 없었다. 다시는 외할머니를 볼 수 없다고 생각하니 문득 죄책감이 밀려왔다. 그날 유리가 외할머니에게 심하게 대들지만 않았더라면 외할머니가 집을 나가지 않았을지도 모른다. 유리는 얼른 사진이 보이지 않게 액자를 뉘어 놓았다.

밤 10시가 넘어서야 엄마에게서 전화가 왔다.

"유리야, 오늘 밤은 너 혼자 자야겠다."

"혼자요? 무서운데. 그런데 외할머니가 확실해요? 정말 돌아가셨어요?"

"그래. 맞아. 정말이야. 흑흑."

전화기에서 엄마의 흐느끼는 소리가 점점 크게 들렸다. 말을 잇지 못하며 우는 엄마에게 유리는 더는 어쩔 수가 없었다.

"알았어요."

"내일 새벽에 집에 잠깐 들를 거야. 문단속 잘하고 자. 무서우면 불 다 켜놓고 있어."

유리는 전화를 끊자마자 방마다 불을 모두 밝혔다. 어디선가 외할머니가 지켜보고 있는 것 같았다. TV를 켜고 음량도 한껏 높였다. 유리는 비몽사몽 상태로 자다 깨기를 반복했다.

이튿날 새벽, 유리는 현관문 여는 소리에 깜짝 놀라 눈을 떴다. 오전 6시, 엄마와 아빠였다. 엄마의 눈이 벌겋게 부어 있었다.

"엄마, 정말 외할머니가 돌아가셨어요?"

"그래. 유리야, 돌아가셨어. 흑흑."

"도대체 그동안 어디 계셨대요?"

"엄마도 뭐가 뭔지 모르겠어. 어떻게 이럴 수가 있니? 어떻게!"

말을 잇지 못하는 엄마 대신 아빠가 서둘렀다.

"옷 갈아입으러 왔어. 빨리 영안실로 다시 가야 해."

"나는요?"

옷을 갈아입던 엄마가 고개를 저었다.

아빠가 엄마의 눈치를 보며 물었다.

엄마의 비밀

"여보, 유리도 데려가야 하지 않을까? 장모님 마지막 가시는 길인데."

"안 돼요."

유리는 한마디로 딱 잘라 거절하는 엄마가 여간 서운하지 않았다. 외할머니가 집을 나가 낯선 곳에서 돌아가신 일을 두고 유리를 원망하는 것 같은 기분이 들었다.

"왜요? 왜 안 되는데요?"

유리의 말이 끝나기도 전에 엄마가 서둘렀다.

"글쎄, 넌 갈 필요 없다니까! 마음속으로 좋은 데 가시라고 기도나 해."

엄마의 말이 가시처럼 유리의 가슴을 찔렀다.

"엄마! 나도 할머니한테 미안한 게 많아요. 마지막 인사라도 하게 해주세요."

"그만두라면 그만둬. 다 이유가 있어서 그래."

"여보! 어서 갑시다!"

엄마와 아빠는 앉지도 않고 옷만 갈아입고 금세 다시 나갔다.

유리는 엄마를 이해할 수가 없었다.

'왜 무조건 가지 말라는 걸까. 이유가 있다니. 도대체 그 이유가 뭘까. 외할머니는 그동안 어디에서 지냈을까.'

유리는 장식장에서 사진을 꺼내 외할머니를 물끄러미 바라보았다.

유리는 혼자서라도 장례식장에 가서 외할머니에게 용서를 빌고 싶었다. 문득 어제 전화를 걸었던 여자가 나눔의 집이라고 했던 말이 생각났다.

'나눔의 집이 어딜까.'

유리는 인터넷에서 나눔의 집을 검색했다. 실버타운도 있었고, 요양병원도 있었고, 장애인 보호소도 있었다. 위안부 할머니들이 모여 사는 곳도 나눔의 집이라고 나와 있었다. 하지만, 위안부 할머니와 외할머니는 전혀 상관없을 것이다.

'요양병원일까.'

유리는 나눔의 집이란 이름의 요양병원을 검색했다. 분명히 광주라고 했는데, 광주에는 그런 이름의 요양병원이 없었다.

엄마와 아빠는 이튿날 저녁 늦게 파김치가 다 되어 돌아왔다. 엄마는 방으로 들어가자마자 쓰러지듯 누웠다. 목도 쉬고 눈도 십 리는 들어가 보였다. 아빠는 엄마가 푹 쉬어야 한다며 발소리도 나지 않게 조심했다.

외할머니 시신은 화장해서 고향에 뿌려드렸다고 했다.

'외할아버지의 곁보다 고향이 좋으셨을까.'

유리는 그곳에 가 본 적은 없지만, 외할머니한테서 얘기는 들었다.

장례식이 끝난 후 며칠 동안, 집 안에는 이상기류가 흘러들어와 모두의 입을 테이프로 단단히 붙여놓은 것 같았다. 유리는 그토록 찾아 헤매던 외할머니를 잃은 엄마의 아픔을 헤아리며, 엄마 스스로 슬픔에서 빠져나올 때까지 궁금한 것들을 잠시 묻어두기로 했다.

엄마의 비밀

유리는 외할머니에 관해 궁금한 게 한둘이 아니었다. 아빠도 유리의 눈길을 피하는 것 같았다. 그래도 외할머니 얘기라면 입도 뻥긋 못하게 하는 엄마보다 아빠가 편했다. 아빠에게 물어보면 뭔가 실마리가 풀릴 것 같았다.

며칠 후 저녁 식사를 하자마자 엄마가 먼저 방으로 들어가 버렸다. 유리는 이때다 하고 아빠에게 물었다.

"아빠, 우리 집에 전화했던 그 여자는 누구예요?"

"할머니가 마지막까지 살았던 곳에 있는 사람이야."

"어떻게 우리 전화번호를 알았대요?"

아빠는 잠시 머뭇거렸다. 그때 엄마가 방문을 벌컥 열고 아빠를 불렀다. 유리는 중요한 비밀 이야기를 나누다 들킨 기분이었다. 엄마는 뭔가 켕기는 게 있는 것처럼 변명하듯 유리에게 말했다.

"유리야, 넌 거기 있어. 아빠와 긴히 할 얘기가 있어서 그래."

유리는 허둥대는 엄마의 태도에 눈덩이가 눈밭을 구르듯 궁금증이 커졌다.

'뭔가 나한테 숨기는 게 있어. 내가 들어서는 안 될 이야기가 도대체 뭘까.'

유리는 방문 가까이 가서 귀를 기울였다. 엄마 목소리가 아주 작게 들렸다.

"당신, 유리한테 아무 얘기도 하지 말아요."

아빠 목소리는 조금 더 분명하게 들렸다.

"여보, 난 당신이 장모님 빈소에 유리를 오지 못하게 했던 거 이해할 수가 없어. 유리도 이제 다 컸다고. 곧 고등학생이란 말이야. 당신이 장모님 일로 충격받은 건 이해하지만, 당신 너무 급작스럽게 변했어. 우리 가족은 예전이나 지금이나 아무것도 달라진 게 없어. 그러니 여보. 당신이 빨리 안정을 찾았으면 좋겠어. 유리한테도 사실대로 말하고."

엄마가 흐느끼는 소리가 들렸다. 유리는 엄마와 아빠 사이의 대화를 전혀 이해할 수가 없었다.

'아무것도 달라진 게 없다는 아빠의 말은 무슨 뜻이지? 내가 알아서는 안 되는 일이 뭐기에. 혹시 내가 엄마 딸이 아닌가.'

유리는 갑자기 외톨이가 된 것 같았다. 별별 생각이 다 들었다. 더는 참을 수가 없었다.

"엄마, 문 좀 열어봐요. 왜 나만 따돌려요!"

방 안의 대화가 뚝 끊겼다. 문도 열리지 않았다. 뭔가 불길한 생각이 머리를 스쳤다. 분명히 자신이 알아서는 안 되는 비밀이 확실했다. 유리는 화가 나서 방문을 쾅쾅 두드렸다. 한참 만에 방문이 열렸다. 엄마 눈에 또 눈물이 고여 있었다.

"엄마, 나도 이유를 알아야겠어요. 도대체 무슨 일이에요? 내가 알아서 안 되는 비밀이 뭐냐고요?"

유리는 자신도 모르게 목소리가 거칠어졌다.

"유리야, 미안해. 때가 되면 다 얘기해 줄게. 지금은 그냥 모른 척해줘. 부탁한다."

"아뇨. 엄마, 지금 말해줘요. 외할머니는 이상하리만큼 지나치게 나를 과보호했어요. 마치 누가 나를 빼앗아 가기라도 할 것처럼 품 안에 가두었고요. 그래서 외할머니와 함께 사는 동안 나는 옴짝달싹 할 수 없었잖아요. 할머니가 돌아가신 건 나도 슬퍼요. 엄마아빠 없 는 동안 지난날들을 떠올리며 많이 반성했어요. 그런데 할머니가 돌 아가신 후에 집안 분위기가 이상해졌어요. 나한테만 쉬쉬하며 아무 것도 얘기 안 해주고요. 왜 그러는 거예요? 왜 나를 따돌리는 거예 요? 도대체 나한테 무슨 사연이 있는 거죠? 혹시 내가 엄마 딸이 아 닌 거예요? 외할머니가 나를 데려왔나요? 내 비밀이 밝혀질까 봐 그 토록 전전긍긍하는 거예요? 그래서 외할머니 장례식에 내가 얼씬도 못 하게 한 거예요?"

유리는 며칠 동안 혼자 상상했던 일들을 봇물 터지듯 쏟아냈다. 엄 마 얼굴이 하얗게 변했다. 엄마가 고개를 절레절레 저었다.

"유리야, 그런 게 아니야. 이건 나와 네 외할머니 문제야. 너하곤 아무 상관도 없어. 별생각을 다 하는구나. 넌 아니야. 내 문제야, 유 리야. 엄마가 감당하기 벅찬 문제라서 그래. 조금만 기다려줘. 부탁 이다. 유리야."

엄마가 두 손으로 얼굴을 감싼 채 흐느꼈다. 그때였다. 아빠가 엄 마에게 말했다.

"여보, 유리가 얼마나 답답했으면 저렇게 이상한 생각까지 했겠어.

당신 탓도 아니고 장모님 탓도 아니야. 여보, 아무리 당신이 감당하기 어렵다 해도 어디 장모님의 아픔에 비하겠어? 불행했던 역사 때문이야. 그러니 유리한테도 사실대로……."

엄마가 깜짝 놀라며 아빠의 말을 싹둑 잘랐다.

"여보! 아직은 안 돼요. 나중에 내가 얘기할게요."

머쓱해진 아빠가 유리에게 부드럽게 말했다.

"유리야, 아무튼 너하고는 상관없는 일이야. 이건 엄마와 외할머니 일이니까 괜한 상상 하지 마. 알겠지?"

유리는 말해주지 않고 끝까지 숨기는 엄마를 보니 비밀의 동굴이 더 깊어지는 것 같았다.

아빠가 엄마에게 물었다.

"참, 당신 오늘 나눔의 집에 간 건 어떻게 됐어? 뭘 좀 알아냈어?"

유리는 마침 나눔의 집이 궁금하던 터라 아빠에게 물었다.

"아빠, 그 나눔의 집이 혹시 일본군 위안부 할머니들이 사는 곳은 아니죠?"

유리의 물음에 엄마가 바로 끼어들었다.

"아직 자세한 것은 몰라. 나중에 말해줄게."

유리는 얼버무리는 엄마를 보고 나눔의 집이 위안부 할머니들이 사는 그곳이란 확신이 들었다.

'외할머니는 왜 하필이면 위안부 할머니들이 사는 곳에서 돌아가셨을까.'

엄마는 나눔의 집에 다녀온 다음 날부터 아침 일찍 나갔다가 밤이 늦어서야 돌아왔다. 외할머니와 나눔의 집이 분명 무슨 관계가 있다는 확신이 점점 깊게 들었다. 엄마는 갑자기 나눔의 집에 음식도 만들어 나르더니 며칠 후에는 목욕봉사를 했다며 집에 돌아오자마자 파김치가 되어 쓰러졌다.

"엄마, 외할머니와 나눔의 집이 무슨 관계가 있어요?"

"응. 아주 많이. 유리야, 나중에 자세하게 얘기해줄게. 아, 피곤해서 나 좀 쉬어야겠다."

엄마는 더는 묻지 말라는 듯 방으로 들어갔다.

'나 스스로 알아봐야겠어.'

사회나 정치 문제 따위엔 관심 없이 드라마나 좋아하던 엄마가 한국과 일본 간의 이슈에 집중하는 것도 외할머니가 돌아가시기 전과 다른 행동이었다. 외할머니가 돌아가시자마자 한일 간 위안부 합의에 부쩍 신경을 곤두세우는 것도 보통 이상한 게 아니었다.

유리는 광주에 있는 나눔의 집을 검색하고 교통편을 알아보았다. 외할머니가 위안부 할머니였을 리는 없겠지만, 장례식장에도 가지 못했으니 외할머니가 마지막까지 사셨던 곳에 가보고 싶었다. 더더구나 불면 날아갈세라, 쥐면 부서질세라, 유리를 애지중지했던 외할머니가 아닌가. 유리는 외손녀로서 외할머니가 마지막까지 머물던 곳을 찾아가 보는 게 당연한 의무라는 생각도 들었다.

고등학교 입학식까지 남은 날 중 절반이 어느새 정신없이 지나가

버렸다. 일요일 아침, 엄마는 '한일 위안부 합의 무효' 시위를 하러 간다고 했다. 마침 아빠도 출장을 가서 집에는 유리 혼자 남았다. 유리는 미리 출력해놓은 나눔의 집 약도를 들고 집을 나섰다.

위안부 할머니들이 사는 나눔의 집까지는 꽤 멀었다. 전철을 두 번 갈아타고, 다시 버스를 타고, 또 택시를 타고 가야 했다. 외할머니가 살아계셔서 유리 혼자 길을 나선 걸 알았다면, 외할머니에겐 지진이 나서 쓰나미가 밀려올 만큼 눈앞이 캄캄해지는 일이었을지 모른다. 유리는 가는 내내 외할머니가 그곳에 왜 갔는지, 또 어떻게 지냈을지, 온갖 상상을 다 했다. 하지만 외할머니와 위안부 할머니를 이어주는 끈을 찾기가 무척 어려웠다.

나눔의 집 뒤쪽으로는 야트막한 산이 병풍처럼 둘러서 있었고, 앞에는 그리 넓지 않은 논밭이 펼쳐져 있었다. 입구 사무실 앞에서 여학생 여럿이 서성거리고 있었다. 유리는 여학생들 뒤에 자연스레 가서 섰다. 안내인처럼 보이는 언니가 나와 찾아와 줘서 반갑다고 인사했다. 우선 역사관부터 돌아보라며 그 다음 봉사할 일을 알려주겠다고 했다. 여학생들은 봉사활동을 하러 온 모양이었다.

나눔의 집은 위안부 할머니들이 생활하는 생활관과 역사관으로 나뉘어 있었다. 생활관과 역사관 사이에는 정원이 있었는데, 키가 큰 소나무들 사이사이에 돌아가신 위안부 할머니들의 좌상이 세워져 있었다. 유리는 혹시나 하고 좌상들을 유심히 살폈다. 외할머니의 좌상은 없었다.

'역시 내가 괜한 상상을 한 걸까.'

유리는 학생들의 뒤를 따라 역사관으로 들어섰다. 역사관엔 할머니들이 꽃다운 소녀적 나이에 일본군에게 끌려가 갖은 고초를 당했던 흑백사진들과 일본군이 주둔했던 곳마다 있었던 위안소의 자료들, 그리고 위안부 할머니들이 직접 그린 그림들이 전시되어 있었다.

유리는 역사관을 돌아보면서 외할머니와 위안부가 무슨 관계가 있는지 내내 생각했다. 여전히 감이 잡히지 않았다.

'왜 외할머니는 이곳에서 마지막을 보내셨을까?'

유리는 안내인의 설명을 귓등으로 흘리면서 초조한 마음에 여러 번 시간을 확인했다. 자원봉사 나온 학생들이 사진도 찍고 메모도 하고 질문도 하느라 역사관 관람 시간은 생각보다 한참 걸렸다.

유리는 안내인을 따라 역사관에서 나와 위안부 할머니들이 계신 생활관으로 갔다. 할머니들이 위안부였다고 해서 특별히 다른 점은 느껴지지 않았다. 그냥 여느 할머니들과 똑같았다.

유리는 슬그머니 무리에서 빠져나와 사무실로 갔다. 문을 열고 들어가니 여직원이 물었다.

"무슨 일이지? 봉사활동 나온 학생들과 같은 학교 학생 맞지?"

유리는 고개를 저었다.

"아, 그럼 혼자 온 거야? 요즘 숙제 때문에 혼자 찾아오는 학생도 있긴 한데. 뭘 도와줄까?"

여직원이 고개를 갸웃거렸다.

"저어, 허춘자 할머니라고……."

유리가 입을 여는 순간 여직원이 깜짝 놀라며 의자에서 벌떡 일어섰다.

"허춘자 할머님? 얼마 전에 돌아가셨는데, 할머님과 아는 사이니?"

"네. 저의 외할머니세요."

"어머나! 그럼 전화번호가 적혀 있던 그 사진 주인공이 바로 너구나. 꽃다발을 든 졸업사진! 그러고 보니 그 학생이 맞네. 그 사진 때문에 따님과 연락이 된 건데. 반갑다. 그런데 엄마는 오늘 안 오셨는데, 어떻게 혼자 왔니?"

"엄마는 제가 여기 온 거 몰라요. 그런데 무슨 사진이요?"

유리는 단박에 자신을 알아보는 직원 때문에 흥분이 되었다. 그때, 갑자기 밖이 시끌벅적했다. 여직원이 잠깐 기다리라며 밖으로 나갔다. 유리는 곧 모든 궁금증이 풀릴 것 같아 가슴이 두근거렸다. 직원이 끙끙거리며 박스를 들고 들어왔다. 박스 안에는 책이 가득 들어 있었다.

"아주 딱 맞춰 왔구나. 허춘자 할머님 구술집이 나왔어."

"네? 구술집요?"

유리는 어리둥절했다. 한 아저씨가 사무실로 들어왔다.

"원장님, 구술집이 도착했어요."

엄마의 비밀

여직원의 말로 보아 나눔의 집 원장인 듯했다.

"아, 그래? 그런데 이 학생은?"

"이 학생이 허춘자 할머님 손녀래요. 그 사진에 있는 학생요."

"이 학생이? 그 사진 속 학생이라고?"

원장이 책상 서랍을 열고 사진을 꺼냈다. 유리네 집 거실에도 있는 바로 그 사진이었다.

"어머나! 어떻게 이 사진이 여기 있어요?"

"몰랐어? 허춘자 할머님이 늘 품속에 간직하셨던 사진이야. 여기 이 전화번호 때문에 따님에게 연락이 닿았지. 그런데 엄마가 아직 얘기를 안 하셨니?"

유리는 사진을 받아들었다. 얼마나 손때가 탔는지 희끗희끗 줄이 나 있고, 모서리도 닳아 있었다. 뒷면에 집 전화번호가 적혀 있었다. 외할머니의 글씨였다.

"전 도대체 뭐가 뭔지 모르겠어요. 우리 외할머니가 여기 사셨어요?"

"응. 그러셨지. 마침 구술집이 나와서 잘됐네. 에구, 한 열흘만 일찍 나왔어도 구술집 나온 걸 보실 수 있었을 텐데 너무 안타깝다. 자, 이 책 가지고 가서 읽어 봐요. 다른 위안부 할머니들의 이야기도 함께 들어 있어."

유리는 스무디를 먹은 것처럼 가슴이 얼얼했다.

'외할머니의 구술집이라니, 위안부 할머니들의 구술집에 외할머니

사연도 있다니. 그럼 외할머니가 위안부였다는 말이 아닌가.'

유리는 조심스럽게 물었다.

"원장님, 우리 외할머니가 위안부였어요? 그래서 여기서 사신 거예요?"

원장이 입을 꾹 다문 채 고개를 끄덕였다.

"유리 양 어머니도 모든 사실을 알고 충격을 많이 받으셨지. 유리 양은 할머니와 어머니의 사연을 전혀 못 들었나?"

"예. 전 아무것도 몰랐어요. 실은 요즘 엄마가 외할머니 돌아가신 뒤로 너무 이상해서 제가 직접 알아보려고 찾아온 거예요."

"그랬군. 어머니가 쉽게 얘기해줄 수 없었을 거야."

"저는 외할머니가 위안부였다는 것도 전혀 몰랐어요. 솔직히 믿어지지도 않고요."

"아마 유리 양 어머니도 자신부터 추스른 다음에 말해주려고 했을 거야. 모든 걸 아무렇지도 않게 받아들일 만큼 사소한 일이 아니니까. 그런데도 나눔의 집 할머니들을 지극 정성으로 돕는 걸 보고 우리도 감동하고 있어요. 앞으로 수요집회도 나가신다고 했어. 유리 양도 구술집을 읽으면 정말 가슴이 많이 아플 거야."

유리는 궁금증이 풀리면 속이 시원할 줄 알았는데 오히려 커다란 돌덩이가 가슴을 짓누르는 것 같았다. 원장이 유리에게 말했다.

"허춘자 할머님이 유리 양을 얼마나 끔찍이 귀하게 여겼는지, 왜 가출을 결심했는지, 또 왜 여기에서 살다 돌아가셨는지, 모두 이 구술집에 쓰여 있으니까, 어머니에게 듣는 것보다 책으로 읽는 게 더 정확할 거야. 자, 여기 이 부분부터가 허춘자 할머님이 구술하신 내용이야."

구술집을 받아 든 유리의 손이 떨렸다.

"저 원장님. 엄마한테는 제가 오늘 여기 왔다 갔다고 얘기 하지 말아 주세요. 다 읽은 다음에 제가 알아서 할게요."

"그래요. 그렇게 해요."

유리는 원장에게 인사하고 밖으로 나왔다. 구술집 제목은 『강제로 끌려간 조선인 일본군 위안부들』이었다.

구술집에는 위안부 할머니 다섯 분의 이야기가 실려 있었다. 유리는 구술집을 빨리 읽고 싶었다. 집에 오니 아무도 없었다. 빈집이 반갑기는 처음이었다. 유리는 방문을 잠그고 심호흡을 하고 나서 구술집을 펼쳤다.

방직공장에
돈 벌러가요

1937년, 충청도 서산

연분홍 꽃 구름이 일렁이듯 진달래꽃이 도비산 자락을 물들이던 날이었다. 나는 간월도에서 굴을 따다 읍내 저자에 팔고 오던 중이었다.

간월도 강굴은 아주 먼 옛날부터 궁궐에까지 진상했다는 소문난 굴이었다. 강굴이 알을 품는 겨울부터 이른 봄까지 학돌재 마을 사람들은 바다에 나가 강굴을 찍어다 저자에 팔았다.

한겨울이 지나 진달래꽃이 필 무렵이면 바닷물이 따뜻해져서 뽀얀 알을 탱글탱글 품었던 강굴도 산란을 시작했다. 그날도 밀물이 들 때까지 열심히 찍었지만 탱탱했던 겨울철보다 양이 훨씬 적었다.

그날은 굴 값도 지난 장날보다 훨씬 헐했다. 많은 액수는 아니지만 그래도 굴 판 돈을 손에 쥐니 견물생심이라고 했던가, 저잣거리를 구경하는 내내 사고 싶은 물건들이 자꾸만 발목을 잡았다. 손잡이가 달린 거울도 사고 싶고, 목단 꽃을 수놓은 꽃분홍 댕기도 사고 싶었다. 나는 눈요기로 대신하며 꽁꽁 접어 속바지 주머니에 넣은 지전만 만지작거리다가 아쉬운 발길을 돌렸다.

태안과 부석으로 갈라지는 삼거리에 다다랐을 때였다. 태안 쪽에서 뽀얀 흙먼지를 일으키며 트럭이 달려왔다. 바퀴 달린 탈것이라곤 소달구지만 있는 바닷가 마을에서, 빠른 속도로 달려오는 트럭의 모습은 어린애에게든 어른에게든 한순간에 시선을 사로잡았다.

학돌재 사람들은 대부분 차를 타본 적이 없었다. 읍내에 가면 큰 도시로 나가는 버스가 있긴 했다. 하지만 대체로 읍내 밖으로 나갈 일도 없었고, 나가 본 적도 없었다. 사람들은 논밭에서 일하다가도 경적을 울리며 달리는 차를 보면 모두 허리를 펴고 일어서서, 차 뒤 꽁무니가 까만 점으로 사라질 때까지 바라보고 나서야 다시 논밭에 엎드렸다.

트럭이 쏜살같이 달려오더니 내 앞에서 끼익! 멈춰 섰다. 뽀얀 먼지 속에서 석유 냄새가 훅 끼쳤다. 차 문이 열리더니 머리에 반지르르 기름을 바른 일본 사람과 학돌재 지서 순사가 차에서 내렸다.

나는 가슴이 철렁 내려앉아 저절로 한 걸음 뒤로 물러섰다. 조선 사람에게 순사는 호랑이보다 더 무서운 존재였다. 젖먹이 아기들도 배가 고파 울 때 '저기 순사 온다!' 하면 뚝 그친다는 이야기가 있을 정도였다.

순사가 내 앞으로 바짝 다가섰다.

"너 학돌재 안골 집 딸 맞지?"

나를 알아보는 순사의 눈빛이 섬뜩하게 느껴졌다.

"맞네. 역시, 내 눈은 못 속여. 작년 여름 네 아버지 장사 때 널 유심히 봐뒀지. 마침 너의 집으로 가려던 참인데 잘 만났다."

아버지가 만주에서 돌아온 후부터 우리 집을 기웃거렸던 순사의 눈빛은, 빛에 따라 모양이 달라지는 고양이 눈동자처럼 묘하게 빛나며 사람을 긴장시켰다. 순사가 일본 사람에게 허리를 굽실거리며 나를 가리켰다.

"어떻습니까? 좀 어리긴 해도 꽤 곱상하게 생겼지 않습니까?"

일본 사람이 나를 아래위로 훑으면서 입꼬리를 쓱 올렸다.

"돈이노 벌게 해줄까. 일본에 있는 방직공장에 가면 돈이노 많이 벌 수 있다. 돈 벌러 가고 싶으면 날 따라와라."

돈이라는 말에 귀가 번쩍 뜨였다. 금방 엄마 모습이 떠올랐다. 눈덩이처럼 늘어가는 빚 때문에 밤잠도 못 자고 삯바느질하느라 허리를 펼 새가 없는 우리 엄마. 아버지 병환으로 약방에서 빚을 지게 되자, 약방 영감은 수시로 엄마를 찾아와 언제 빚을 다 갚을 거냐며 을러댔다. 동네 사람들은 음흉한 약방 영감이 엄마에게 딴 맘이 있어서 빚을 핑계 삼아 자꾸 드나든다고 수군댔다. 며칠 전에도 약방 영감은 다 늦은 저녁때 찾아와 마루에 다리를 꼬고 걸터앉아 엄마를 다그쳤다.

"다음 달부터는 원금과 이자를 함께 갚아줘야겠어. 그동안은 원금과 이자를 나눠 갚을 수 있게 특별히 봐준 거야. 못 갚으면 저 딸년이라도 데려다 일을 시켜야지. 내가 자선사업가도 아니고 말이야."

방직공장에 돈 벌러가요

그 장면을 떠올리니 온몸에 소름이 돋았다. 약방 영감이 아주 어린 애들까지 작은 부인으로 삼는다는 소문도 있었다.

'그 영감 집에 가느니 차라리 일본 방직공장에 가는 게 나을까? 점점 불어나는 이자를 갚는 데도 허덕이는데, 원금까지 어떻게 갚지?'

내가 머뭇거리자 순사가 재촉하듯 말했다.

"읍내 약방에 빚이 많다면서? 일본에 가면 방직공장에 취직해서 돈도 벌고 빚도 갚을 수 있어. 읍내 여자들이 줄을 섰는데, 내가 특별히 너를 생각해서 데리러 가던 중이었지. 마침맞게 만났으니 아주 잘 됐구나."

약방 영감이 자주 들락거리더니 우리가 빚쟁이라는 게 읍내에까지 소문 난 모양이었다. 정말로 돈을 벌 수만 있다면 뭐라도 하고 싶기도 했다. 읍내 여자들이 줄을 섰다는 말까지 들으니 마음이 조금 급해졌다.

"저어, 언제 가는데요?"

"지금 당장 가야지. 갈 테면 어서 차에 타라."

"엄마한테 물어보고 올게요."

"시간이노 없다. 한 달 후면 월급 타서 집에 보낼 수 있다 데스. 너의 엄마도 월급 받으면 좋아한다. 일본에 가면 한 달 월급이 쌀 한 가마니 값보다 더 많아. 닥상 많아. 하야꾸 이꾸(빨리 가자)."

일본 사람의 말에 한 달 후 월급봉투를 받고 좋아할 엄마 얼굴이 그려졌다.

'일본에 가면 혹시 진규 오빠도 만날 수 있지 않을까.'

윤 대감댁 둘째 아들인 진규 오빠는 나를 친동생처럼 예뻐했다. 교복을 입고 학생 모자를 쓰고 읍내 고등학교에 가는 진규 오빠를 본 날은, 온종일 보리밭 이랑에서 춤추는 종다리처럼 마음이 달떴다. 진규 오빠가 일본으로 떠난 지도 어느새 일 년이 지났다. 진규 오빠를 떠올리니 귓불이 화끈거렸다.

"그래도요. 집에 가서 엄마한테 인사하고 옷이랑 짐 챙겨 가지고 올게요."

"안 돼. 시간이 없어. 어서 차에 타라니까."

순사가 나를 번쩍 안아 차에 태웠다.

"안 돼요. 엄마한테……."

트럭이 시커먼 연기를 내뿜으며 앞으로 내달리기 시작했다. 나는 엄마에게 인사도 못 한 채 떠나고 싶지 않았다.

"내려주세요. 엄마한테 드릴 것도 있고 또……."

순사가 내게 말했다.

"걱정하지 않아도 돼. 내가 네 엄마 만나서 자세하게 얘기할게. 네가 돈 벌러 갔다고 하면 네 엄마도 기뻐할걸, 뭐."

트럭 소리가 커서 순사의 말이 잘 들리지도 않았다. 빠르게 달리는 트럭에서 뛰어내릴 수도 없었다. 트럭은 읍내 쪽으로 내달렸다. 나는 꼬깃꼬깃 접은 돈을 순사에게 내밀었다.

"이 돈 좀 우리 엄마에게 갖다 주세요. 강굴 판 돈인데요. 꼭 좀 전

방직공장에 돈 벌러가요

해 주세요."

나는 까마득하게 멀어지는 도비산을 바라보며 마음속으로 아쉬운 이별을 했다. 엄마와 떨어져 멀리 가는 게 두렵긴 했지만, 이제 더는 바닷가에 나가 굴을 찍어 팔지 않아도 되고, 나뭇지게도, 물지게도 질 필요가 없다 생각하니 조금은 홀가분하기도 했다.

'월급 타면 몽땅 엄마한테 보내야지.'

엄마를 도울 수 있다고 생각하니 불안한 마음도 조금씩 사라졌다. 돈을 벌면 먼저 읍내 약방 영감에게 진 빚부터 갚고, 그다음엔 삯바느질하느라 남들 옷만 짓는 엄마에게 고운 남빛 유똥 치마도 해드리고, 찢어진 검정고무신을 끌고 다니는 춘식이한테도 멋진 운동화를 사주고 싶었다.

트럭은 계속 달렸다. 읍내 저잣거리도 벗어났다. 주재소 앞에서 트럭이 잠시 멈추더니 순사가 내렸다.

"우리 엄마한테 잘 좀 말해 주세요. 그 돈도 꼭 전해야 해요."

순사가 걱정하지 말라며 손을 흔들었다. 이제 트럭에는 일본 사람과 나만 남았다. 둘만 있으니 불안했다. 읍내를 벗어난 트럭은 내가 전혀 가본 적이 없는 낯선 동네를 계속해서 달렸다. 얼결에 그토록 타보고 싶던 차에 올라탔지만, 기쁘기는커녕 온갖 걱정들이 점점 머릿속을 가득 채웠다.

'일본까지 무사히 갈 수 있을까. 일본에 가면 정말 취직이 될까. 밥은 어떻게 먹지. 방직공장에선 무슨 일을 하게 될까. 잠은 어디서 자

게 될까.'

덜컹거리는 트럭만큼이나 내 마음도 계속 덜컹거렸다.

세 갈래 길에서 트럭이 멈춰 섰다. 주막집 앞이었다. 그곳에서 어떤 남자가 여자 둘을 트럭에 태웠다. 여자들은 나보다 나이가 많아 보였다. 낯선 사람들이었지만 나는 더는 혼자가 아니라는 생각에 무척이나 반가웠다.

"잠깐만요. 우리 엄마한테 얘기 좀 하고 올게요!"

이 여자들도 나처럼 가족에게 작별인사를 못 한 것 같았다.

"돈도 벌고 쌀밥 실컷 먹게 해 준다는데, 웬 잔말이노 많아데스까?"

일본 사람이 눈을 부라리며 소리쳤다. 나를 대할 때와는 달리 거친 말투였다.

해가 서쪽으로 기울 무렵 기찻길이 나타났다. 광천이라고 했다. 새우젓이 많이 나는 광천에는 기차가 다닌다고 얘기만 들었는데, 나는 그날 처음 기차를 보았다. 시커먼 기차가 하얀 연기를 뿜으며 달리는 걸 보니 신기했다. 기찻길 옆에 난 찻길을 따라 트럭도 줄곧 달렸다. 점점 머리가 어지럽고 속이 울렁거려 토할 것 같았다.

불그스름하던 저녁노을이 짙은 보라색으로 서쪽 하늘을 물들일 즈음, 대천역 근처 여관 앞에서 트럭이 멈췄다. 나는 차에서 내리자마자 길섶에 쪼그리고 앉아 한참 동안 헛구역질을 했다. 그런 어지럼증이 차멀미라는 걸 처음 알았다. 나만 그런 게 아니었다. 두 여자도

방직공장에 돈 벌러가요

나처럼 차멀미가 심했다.

여관에 들어가니 또 다른 여자들이 방 안에 있었다. 나처럼 일본에 가려는 여자들이라고 했다. 같은 동네에서 함께 온 여자끼리 둘씩 셋씩 모여 앉아 불안한 모습으로 우리를 살폈다. 여관 주인이 주먹밥을 주었는데, 나는 속이 메슥거려서 먹을 수가 없었다. 누워 있는데도 천장이 빙빙 돌았다.

잠깐 눈을 붙인 것 같은데 수군수군하는 소리에 눈을 뜨니 이튿날 아침이었다. 여관 주인이 또 주먹밥을 나눠 주었다. 나는 저녁을 거른 탓에 받자마자 허겁지겁 먹었다. 보리밥을 꾹꾹 뭉쳐 소금 간을 한 주먹밥은 한 입 거리밖에 되지 않았다.

잠시 후, 차 소리가 들리더니 밖에서 웅성거리는 소리가 들렸다. 여관 주인이 빨리 짐을 챙겨 나오라고 소리쳤다. 나가 보니 나를 데려온 일본 사람이 트럭에서 기다리고 있었다. 다시 트럭에 올라탔다. 트럭은 또 낯선 길을 달리기 시작했다. 트럭이 멈출 때마다 낯선 남자가 여자들을 데려와 트럭에 태웠다. 여자들은 팔려가는 가축처럼 모두 불안한 표정이었다. 자갈이 많고 울퉁불퉁한 시골길을 달리다 보니 얼마나 엉덩방아를 찧어댔는지 궁둥이가 다 얼얼했다. 트럭에 지붕이 있었다면 보나 마나 머리에도 혹이 났을 것 같았다.

해가 거의 질 무렵 트럭이 멈춘 곳은 낯선 바닷가였는데 삼천포 근처라고 했다. 일본 사람이 우리를 여관으로 데려갔다. 여관에 도착해보니 나처럼 돈을 벌러 가려는 여자들이 이 방 저 방에 모두 열여

덟 명이나 있었다. 그중에서 내가 가장 어려 보였다. 일본 사람이 여관주인 남자에게 말했다.

"하나도 도망치지 못하게 잘 감시해야 하므니다."

"알았습니다. 나으리."

여관 주인이 일본 사람보다도 훨씬 나이가 많아 보이는데도 일본 사람에게 굽실거렸다. 일본 사람은 트럭을 타고 다시 어디론가 사라졌다.

'죄인도 아닌데 도망치지 못하게 감시하라니.'

나는 이틀이나 차에서 시달린 터라 방에 들어가자마자 그대로 쓰러졌다. 이튿날부터 여자들은 방 안에서 꼼짝할 수 없었다. 하루에 두 번 주먹밥만 먹고, 변소에 갈 때도 여관 주인이 감시해서 급하게 볼일을 봐야 했다. 취직시켜 준다고 데려와 놓고 왜 도망칠 것을 걱정하는지 이해할 수가 없었다.

나는 초조한 마음을 달래느라 일본의 방직공장에서 일하는 나 자신을 상상해보았다.

'일할 땐 무슨 옷을 입을까. 모두 똑같은 옷을 입고 출근하겠지. 기계로 꽉 찬 공장에서 나는 무슨 일을 하게 될까. 무슨 일이든 기술도 열심히 배우고 돈도 많이 벌어야지.'

그런 상상을 하고 있자니 무작정 기다리는 시간이 조금 덜 지루했다.

저녁도 주먹밥이었다. 꽁보리밥에 쌀알은 눈으로 셀 수 있을 만큼 드문드문 섞여 있었다.

방직공장에 돈 벌러가요

"쌀밥에 고기반찬이라더니."

내 옆에 있는 여자가 주먹밥을 먹으며 중얼거렸다.

"방직공장에 가면 어떤 일을 할까? 힘든 일은 아니겠지?"

"취직만 시켜주면 돼. 일본엔 공장이 무지 많대."

"나는 비단 짜는 공장이라고 했어. 새로 지은 공장이라 사람이 많이 필요하대."

"한꺼번에 많이 모아서 데려가려나 봐. 아, 빨리 갔으면 좋겠어."

"난 얼른 돈 벌어서 빚부터 갚아야 해."

여자들은 모두 돈을 번다는 생각에 들떠 있었다. 나는 듣기만 하면서 가만히 있었다. 옆에 있는 언니가 내게 물었다.

"넌 몇 살이니? 너무 어려 보인다."

"열세 살요."

"뭐? 열세 살! 너처럼 어린애도 취직이 된대?"

"네, 방직공장에 취직시켜 준다고 했어요."

"일할 사람이 많이 부족하긴 한가 봐. 이렇게 어린애도 데려가는 걸 보면. 그런데 우린 언제 떠날까?"

나는 언니들의 말에 어린 나를 데리고 와준 일본 사람에게 고마운 마음마저 들었다.

모두 트럭 소리만 나면 얼른 보따리를 챙기며 떠날 준비를 했다. 그러나 일본 사람은 또 다른 여자들만 여관에 데려다 놓고 바로 사라졌다.

며칠을 그렇게 지내자 훌쩍훌쩍 우는 여자도 있었다.

"엄마가 날 찾고 있을 텐데. 이렇게 기다릴 줄 알았으면 엄마에게 갔다 온다고 인사라도 할 걸."

"나도 그래. 집에서 난리가 났을 거야."

"난 엄마가 못 가게 해서 몰래 왔어. 우리 엄마도 지금 나를 찾아다니고 있겠지?"

나도 집 생각이 간절했다.

'엄마와 춘식이가 얼마나 걱정할까. 순사는 내가 맡긴 감귤 판 돈을 엄마에게 잘 갖다 주었을까.'

너무 오래 기다리다 보니 불안한 마음이 점점 고개를 들었다.

'당장 일본으로 떠날 것처럼 급하다며 엄마에게 갔다 오지도 못 하게 하더니. 여관방에 짐짝처럼 내팽개쳐 둘 거면서 왜 그리 서둘렀담.'

여관 주인이 감시만 하지 않는다면, 나도 집으로 달려가서 자초지종을 얘기한 다음 다시 오고 싶었다.

순사 말만 믿고 일본 사람을 따라나선 게 정말 잘한 일일까.

걱정은 불안을 낳고 불안은 의심을 키웠다. 의심은 희망과 기대를 야금야금 뜯어먹는 벌레 같았다. 그럴수록 걱정을 털어내야 견딜 수 있었다.

'좋은 생각을 해야 좋은 일이 생기고, 웃어야 복이 온다고 했어. 엄마, 곧 일본으로 갈 거예요. 방직공장에 취직해서 월급 타면 엄마한테 모두 보낼게. 엄마, 인사도 못 드리고 와서 죄송해요.'

초조한 시간을 즐거운 상상으로 채우면서 보냈다.

방직공장에 돈 벌러가요

'월급은 얼마나 될까.'

한 달, 두 달, 석 달, 월급을 하나도 쓰지 않고 모두 모으면 올해 안에는 빚을 갚을 수 있을 것 같았다. 빚만 갚으면 악착같이 돈을 모아 엄마를 호강시키고 싶었다.

여관에 머문 지 열이틀째 되는 날이었다. 일본 사람이 나타나 드디어 여자들을 트럭에 태웠다. 모두 서른두 명이었다. 한 시간쯤 달린 후, 트럭이 멈춘 곳은 동래역 근처 여관 앞이었다.

"또 여관이야!"

"도대체 일본엔 언제 가는 거야!"

일본 사람이 손가락 하나를 펴 보이면서 하루만 기다리라고 했다. 하루라는 말에 그날 밤은 모두 잠을 제대로 자지 못했다. 일본말을 모르는 언니들은 일본에 가서 말이 안 통할까 봐 걱정도 했다. 나는 소학교에 다닌 적이 있었기 때문에 일본말을 어느 정도는 할 수 있었다.

이튿날 새벽, 일본 사람이 여관에 있는 우리를 모두 밖으로 불러냈다. 그런데 나를 포함해 열 명을 따로 떼어놓더니, 다른 사람들만 선착장으로 데려가 배에 태운다고 했다. 나는 어리둥절했다. 내 곁에 있던 언니가 물었다.

"우리는 왜 안 데리고 가요? 우리도 취직시켜준다고 했잖아요?"

일본 사람이 거칠게 손을 내저으며 여관에서 기다리라고 했다. 나는 눈물이 핑 돌았다.

'도대체 왜 우리만 따로 남겨놓는 것일까.'

너무 궁금하고 답답했다. 나는 더 잘된 일일 거로 생각하려고 노력했다.

'일본에 공장이 많겠지. 그러니까 한 곳으로 가는 배에 다 태우지 않았을 거야. 내가 가는 곳은 더 좋은 곳일지도 몰라. 열흘도 넘게 기다렸는데 하루쯤은 아무것도 아니야.'

남겨진 우리는 서로 위로하면서 언니 동생처럼 친해졌다. 가장 나이 많은 언니의 이름은 정자였다. 정자 언니는 어린 내가 안쓰럽다며 친동생처럼 마음을 써 주었다.

그날 이른 저녁에 일본 사람이 우리를 데리러 왔다.

'괜히 걱정했어. 우리는 아침에 떠난 사람들과 다른 곳으로 가는 게 확실해.'

드디어 일본으로 간다고 생각하니 그동안 답답했던 마음이 금세 날개를 단 것 같았다. 일본 사람이 우리를 트럭에 태웠다.

'우리가 타고 갈 배는 얼마나 클까.'

우리는 얼른 배를 타고 싶어 안달이 났다. 트럭이 멈추자마자 서둘러 내렸다. 그런데 부두가 아니라 동래역 앞이었다.

'배를 타야 하는데 왜 역으로 왔을까.'

모두 어리둥절해서 머뭇거릴 때였다.

"너희들은 기차를 타고 간다. 빨리 이쪽으로!"

일본 사람이 우리를 기차에 태웠다. 자세히 물어볼 새도 없이 모두 기차에 올라탔다.

우리가 탄 기차 칸은 의자가 없는 넓은 마루방이었다. 창문은 모두 군복 색깔의 두꺼운 천막으로 가려서 밖을 볼 수가 없었다. 우리 말고도 다른 여자들이 이미 많이 타고 있었다. 정자 언니에게 물었다.

"언니, 기차로도 일본에 갈 수 있는 거예요?"

"아니야, 일본은 배를 타고 가야 해. 우릴 일본으로 데려가는 게 아닌 것 같아."

정자 언니가 걱정스럽게 말했다. 그때였다. 문 앞에 서 있던 일본 군인이 우리를 향해 냅다 소리쳤다.

"민나, 구찌오 시메로!"

모두 입을 닫으라는 말이었다.

일본 군인은 눈을 번뜩이며 총을 들고 서 있었다.

'도대체 뭐가 어떻게 되는 걸까.'

기차가 출발했는지 덜컹거리는 소리가 들렸다. 밖을 볼 수 없으니 산으로 가는지, 바다로 가는지 여간 답답하지 않았다. 기차는 가끔 산 짐승의 명줄 따는 소리처럼 괴상한 소리를 질러댔다. 군인들이 주먹밥과 단무지를 줄 때야 끼니때가 된 것을 알았다.

'우리를 어디로 데려가는 걸까.'

불안하니까 잠도 오지 않았다. 설핏 잠이 들었을 때였다. 일본 군인 하나가 내 옆에서 자던 정자 언니를 문 쪽으로 끌고 가고 있었다.

'정자 언니와 함께 있어야 하는데……. 언니를 어디로 데려가는 거지?'

나는 벌떡 일어나 정자 언니를 불렀다.

"언니, 어디 가요?"

그때였다. 다른 군인이 총대로 나를 확 밀어버렸다. 나는 마룻바닥에 그대로 나뒹굴었다. 너무 무서웠다. 일본 군인은 정자 언니를 다른 칸으로 보내고 아무 일도 없었다는 듯 다시 문을 지키고 서 있었다. 나는 친언니처럼 나를 아껴주던 정자 언니를 기다리느라 잠을 설쳤다.

이튿날 아침, 깨어보니 정자 언니가 바닥에 엎드려 있었다.

"언니, 언제 왔어요? 어디 갔다 온 거예요?"

정자 언니는 바닥에 얼굴을 묻고 울기만 했다. 그날 온종일 언니는 넋이 나간 사람 같았다. 주먹밥도 먹지 않았다. 군인이 험상궂은 표정으로 우리를 지켜보고 있어서 더는 캐물을 수도 없었다.

사흘째 되는 날 밤, 드디어 기차가 멈췄다. 문이 열리자 살을 에는 듯한 칼바람이 들이쳤다. 일본 사람이 나타나 동래역에서 기차를 탄 우리만 내리라고 했다. 기차역은 어두컴컴해서 어디가 어딘지 분간할 수가 없었다. 잠시 후 일본군 트럭이 나타났다. 일본 사람이 우리를 또 트럭에 태웠다.

'어디로 데려가는 걸까.'

천막을 친 트럭에 올라탔는데 밖이 어두워서 아무것도 보이지 않았다. 집을 떠난 지 며칠이 지났는지조차 가물가물했다. 깜깜한 동굴 속으로 빨려 들어가는 느낌이었다. 추위 때문에 다른 생각이 끼어

방직공장에 돈 벌러가요

들 틈도 없었다.

두어 시간쯤 달렸을까. 희미한 불빛이 나타났다. 트럭이 멈춘 곳은 중국인 여관이었다. 솜옷을 입은 여자가 나오더니 우리를 보자마자 큰 소리로 떠들었다. 중국말이라 한마디도 알아들을 수 없었다. 조선말을 하는 남자가 우리에게 와서 여관 안으로 들어오라고 말했다. 정자 언니가 여기가 어디냐고 물었다. 그 사람은 만주라고 했다.

나는 만주라는 말에 깜짝 놀랐다. 아버지는 만주에서 독립운동을 했다고 했다.

'만주도 이제 일본 땅이 된 걸까.'

춘식이가 세 살 정도 되었을 때부터 아버지는 집에 있는 날보다 없는 날이 더 많았다. 춘식이가 여섯 살이 되었을 무렵, 아버지는 완전히 집을 떠났는지 돌아오지 않았다. 엄마는 그 후부터 겨울에는 하루도 빼놓지 않고 아침저녁으로 아버지의 밥그릇을 아랫목 담요 아래에 묻어두었다가 끼니때마다 새 밥으로 바꾸었다.

춘식이가 아홉 살이 되던 해 어느 날 새벽, 인기척이 나서 눈을 떠보니 아버지가 와 있었다. 그러나 나는 아버지를 첫눈에 알아보지 못했다. 어두워서가 아니었다. 쌀 한 가마니도 번쩍 들어 올릴 만큼 장사였던 아버지가 비쩍 마른 수숫대처럼 휘청거리며 몸도 제대로 가누지 못했다.

아버지는 돌아오자마자 시름시름 앓아누웠다. 엄마는 아버지가 어디서 무얼 했는지 전혀 말을 입 밖에 내지 않았다. 아버지는 신열로 몸이 펄펄 끓었고 작은 바람 소리에도 겁을 먹었다. 밤마다 천장에서 우당탕 뛰어다니는 쥐 소리에도 사방을 두리번거렸다.

엄마는 아버지의 병구완에 정신이 없었다. 그 무렵 나도 다니던 소학교를 그만두었다. 아무리 약을 써도 아버지의 병세는 나아지지 않았다. 읍내 약방에 외상으로 지은 약값은 점점 더 불어났다.

그해 여름은 가뭄도 심했다. 나라를 빼앗긴 조선 사람들에게 가뭄은 더 견디기 힘들었다. 이글이글 타오르는 태양은 나무와 풀도, 들판의 곡식들도 모두 태워버릴 듯 사정없이 불볕을 쏟아냈다.

벼 이삭이 막 패기 시작할 무렵, 주재소에서 아버지를 끌어갔다. 만주에서 아버지를 알던 사람이 붙잡혀왔는데, 고문에 못 이겨 아버지가 독립운동을 했다는 사실을 불었다고 했다. 나는 그때 처음으로 아버지가 만주에 있었다는 걸 알았다. 주재소에 끌려간 지 일주일도 지나지 않아 아버지는 싸늘한 시체로 돌아왔다.

아버지의 장례를 치르는 동안 순사와 주재소의 일본 사람들이 번갈아 가며 문상 오는 사람들까지 일일이 감시했다. 동네 사람들도 순사의 눈치를 보며 밤에만 찾아와 문상을 하고 돌아갔다.

아버지가 주검으로 돌아온 날, 베를린올림픽에 나간 손기정 선수가 마라톤에서 금메달을 땄다는 소식으로 떠들썩했다.

"손기정 선수 참 대단해. 암 대단하고말고."

"맞아요. 세계를 제패하다니, 이렇게 기쁜 일이 또 어디 있겠어요?"

"기쁘면서도 한편으론 가슴이 찢어지네. 세상 사람들은 손기정이 일본 사람인 줄 안다니까. 손기정은 일장기를 달고 뛰었단 말이네."

"그게 다 나라를 빼앗긴 탓이니 어쩌겠소?"

"암튼 손기정 선수가 우리 조선인의 어깨를 활짝 펴게 해줬어. 왜놈들 등골이 오싹했을 것이네."

"쉿! 입들 다물어요. 저기 주재소 끄나풀 순사 놈이 또 촐싹거리며 오고 있구먼."

손기정 선수의 마라톤 제패는 기뻐하는 사람들보다 원통해하는 사람들이 더 많았다. 손기정 선수의 가슴에는 태극기 대신 일장기가 달려 있었고, 애국가 대신 일본 국가인 기미가요가 베를린 하늘에 울려 퍼졌다고 했다. 나라를 빼앗긴 식민지 백성에겐 기쁜 일조차 서러운 일이 되었다.

아버지의 상여가 앞산 등성이를 넘어가던 날, 엄마는 실신할 정도로 애통해했다. 하지만, 다음 날부터는 아버지 약값으로 진 빚 때문에 슬퍼할 겨를도 없었다. 그때부터 집안일은 거의 내가 도맡아 해야 했다. 그날그날 산에 가서 땔나무를 해오는 일, 논 가운데 있는 우물에 가서 물을 길어다 물독을 채우는 일, 추수가 끝난 논에서 벼 이삭을 줍는 일까지 하루도 한가한 날이 없었다.

엄마가 지은 옷을 갖다 주려고 읍내에 가는 날은 틈틈이 뜯어 말린 산나물도 가져가 팔고, 간월도에 가서 강굴도 찍어다 팔았다. 그러나 바느질삯과 저자에서 번 푼돈은 밀린 약값을 갚기엔 터무니없이 모자랐다. 그런 내게 일본 방직공장에 취직하면 돈을 벌 수 있다는 말은 가뭄에 단비처럼 솔깃했다.

'일본에 가는 줄 알고 따라나섰는데, 만주라니. 왜 만주까지 우리를 데려온 것일까.'

중국인 여관에 있는 동안에도 일본 사람은 우리를 감시했다. 우리는 죄수처럼 방 안에 갇힌 채 방직공장에 갈 날만 기다렸다. 여관에서 콩비지와 조가 섞인 주먹밥을 나누어 주었다.

초조한 마음과는 달리 시간은 더 더디게 흘러가는 듯했다.

얼마 후에 차 소리가 들렸다. 모두 차 소리만 들리면 무슨 일일까, 어디로 데려갈까 궁금해서 귀를 기울였다. 일본 군인이 군복을 가져와 나눠주었다. 검정치마에 무명저고리만 달랑 입은 채 집을 떠난 터라 여벌 옷도 챙겨 오지 못한 나는 군복을 받자마자 그대로 옷 위에 껴입었다.

옷을 입자마자 트럭에 타라고 했다. 밖은 앞을 분간할 수 없을 만큼 깜깜했다. 하늘에 반짝이는 별들을 보니 집 생각이 더욱 간절했다.

트럭은 또 어딘가로 달리기 시작했다. 살을 에는 듯한 바람이 점점 더 거세졌다. 꽁꽁 언 몸은 슬쩍 건드리기만 해도 고드름 부러지듯 똑똑 부러질 것 같았다. 군복을 껴입었는데도 이가 딱딱 맞부딪혔다.

'도대체 방직공장까지는 얼마나 더 가야 하는 걸까.'

트럭은 덜컹거리며 계속 달렸다. 추위를 견디려고 우리는 서로 몸을 기댔다. 천막 틈으로 희끄무레한 빛이 새어들었다. 날이 새고 있었다. 새벽바람이 뼛속까지 파고들었다. 눈이 자꾸 스르르 감겼다.

'얼마쯤 시간이 흘렀을까.'

드디어 트럭이 멈췄다. 천막을 젖히니 온통 새하얀 눈 세상이었다. 일본 군인이 차에서 내리라고 소리쳤다. 그러나 팔다리가 굳어버린 듯 바로 일어설 수가 없었다. 우리는 한참 동안 팔과 다리를 주무른 후에야 차에서 내려 땅을 디딜 수 있었다.

해가 막 떠오르고 있었다. 하얀 눈밭에 반사되는 햇살에 눈이 부셨다. 일자로 길게 늘어선 집들이 눈에 들어왔다. 집 주위로 철조망이 쳐 있고 일본 군인이 총을 들고 서 있었다. 일본 군인은 털모자를 쓰고 방한복을 입고 있어 반짝거리는 눈만 보였다.

털모자를 쓴 여자가 다가오더니 우리를 큰 건물 안으로 데려갔다. 넓은 방 한가운데 난로가 있고, 그 옆에 까만 돌덩이가 들어 있는 나무통이 보였다. 우리는 모두 난로 옆으로 가서 손을 내밀어 불을 쬐었다. 여자가 털모자를 벗으며 우리에게 말했다.

"오늘부터 너희들은 여기서 우리와 함께 지낸다. 나를 부를 때는 오바상(아줌마), 이 분은 오지상(아저씨)이라 불러라."

여자가 자기 옆에 서 있는 남자를 가리키며 말했다.

"여기가 방직공장인가요?"

내가 물었지만, 여자는 내 질문에는 관심도 없는 듯 자기 말만 했다.

"먼저 자기 번호부터 외우도록. 번호는 나이순으로 정한다."

오바상이 번호를 정해 주었다. 나는 나이가 가장 어려서 1번이라고 했다.

"우선 각자 자기 번호가 붙어 있는 방으로 들어가도록 한다."

오지상의 말투는 군인이 명령을 내릴 때처럼 거칠고 딱딱했다. 우리는 오바상이 안내하는 대로 각각 자기 번호가 붙은 방으로 들어갔다. 오바상이 속옷과 군복색깔의 몸뻬바지를 나눠주었다. 우리는 오랜만에 몸을 씻고 나눠준 옷을 껴입었다.

일본군의 위안부대 창설

일본군이 처음으로 위안부대를 창설한 것은 1932년 1월 상하이사변을 일으키면서부터였다. 당시 일본군 병사들의 중국 여성들에 대한 강간이 심화되자 파견군 참모장이었던 오카무라 중장은 나가사키 현 지사에게 군대위안부의 모집을 지시했다.

－「한국민족문화대백과」 '정신대' 중에서

　　　　방직공장에 돈 벌러가요

날개
꺾인 새

1937년~1941년, 중국 네이멍구

방 안에는 나무침대, 난로와 나무물통, 조그만 주전자, 작은 대야가 놓여 있고, 대야 옆에 알약이 들어 있는 약병이 보였다.

'여기가 잠자는 방인가?'

얼마 후 밖에서 종소리가 들렸다. 문을 빠끔히 열고 주위를 살폈다. 다른 방에 있던 여자들도 모두 두리번거리며 나처럼 밖을 살피고 있었다. 철조망 밖에 군인 트럭이 와 있었다.

오바상이 큰방으로 모이라고 소리쳤다. 우리만 이곳에 온 줄 알았는데 방에 가보니 낯선 여자들이 많이 있었다. 모두 조선 사람이었다. 나는 앞에 서 있는 여자에게 물었다.

"여기가 어디예요?"

"네이멍구(내몽골)."

무슨 말인지 알 수 없어서 다시 물었다.

"네이멍구가 뭐예요?"

"이곳 이름이야. 저쪽은 아라사(러시아) 땅이고, 이쪽은 북간도라는 것밖에는 우리도 몰라."

"방직공장 기계들은 어디에 있어요?"

그 순간 오바상이 소리쳤다.

"시끄러워! 쓸데없이 지껄이지 말고 밥이나 받아!"

오바상의 표정이 어찌나 살벌한지 입을 꾹 다물었다. 맨 앞에 서 있는 여자가 반장이라고 했다. 정자 언니보다 나이가 더 들어 보였다. 반장 언니가 항고(군인들이 가지고 다니는 밥통)를 하나씩 나눠주었다. 일본 군인이 트럭에서 나무밥통을 들고 들어왔다. 반장 언니가 커다란 주걱으로 밥을 퍼서 항고에 한 주걱씩 담아 주었다. 반장 언니 옆에는 반찬 통이 있었다. 된장국과 매실 절임이 전부였다. 감시당하며 밥통을 들고 서 있는 내 모습이 문득 죄수 같다는 생각이 들었다.

'도대체 이렇게 황량한 곳에서 뭘 하라는 걸까.'

잘 생각해보지도 않고 성급히 일본 사람을 따라나섰다는 후회로 가슴이 미어졌다.

'엄마와 춘식이는 얼마나 애타게 나를 찾고 있을까.'

된장국에 밥을 말아 먹으면서도 괜히 왔다는 생각에 모래알을 씹는 것 같았다.

밖에 나가 방직공장이 어디에 있는지 알아보고도 싶었지만, 일본

날개 꺾인 새

군 부대가 바로 옆에 있고 일본군 보초가 총을 들고 있어 옴짝달싹도 할 수 없었다. 보초가 없다 해도 밖이 너무 추워서 나서면 금방 얼어 죽을 것 같았다.

식사를 마치고 내 방으로 들어오자 오바상이 따라 들어왔다.

"허춘자 네 이름은 오늘부터 1번 하루꼬야."

나는 무슨 말인지 영문을 몰라 다시 물었다.

"네? 왜 이름을 바꿔야 해요? 방직공장에 다니려면 이름까지 바꿔야 하나요?"

"일본군은 일본 이름을 좋아한다. 1번 하루꼬, 2번 후미꼬, 3번 아끼꼬, 4번 준꼬, 모두 이런 식이야. 그러니까 네 이름은 오늘부터 1번 하루꼬라고. 알겠니?"

어리둥절한 채 서 있는 내게 오바상이 난로를 가리키며 말했다.

"조개탄은 난로가 꺼지지 않을 정도로 조금씩만 넣도록 해. 넌 나이가 어려서 오늘 밤 특별한 군인이 올 거야. 군인이 하라는 대로만 하면 아무 일도 없어. 반항하다간 맞을 수도 있어. 고분고분 눈치껏 굴어야 해."

오바상이 내게 담요를 주면서 미덥지 못하다는 표정으로 눈살을 찌푸렸다.

"특별한 군인이 왜 나한테 와요? 공장일은 언제부터 하는 거예요?"

나는 모든 게 궁금했다. 여러 명이 함께 지내도 되는데 왜 따로 방을 주는지, 공장은 도대체 어디에 있는지, 언제부터 일하는지, 하나부터 열까지 다 궁금했다.

"너한테만 특별대우하는 거야. 내일부터는 너도 똑같아. 오늘만 잘 넘겨. 일본 군인이 가고 나면 항상 알약을 물에 풀어서 아래를 씻어야 해."

'이건 또 무슨 말일까. 왜 발과 다리를 씻으라는 거지?'

오바상이 나가려고 문을 열었다. 나는 얼른 다시 물었다.

"저, 저기요. 방직공장은 어디 있어요?"

오바상이 내 말에 몸을 홱 돌렸다.

"여기에 방직공장 따윈 없어. 조금 있으면 군인들이 몰려올 테니까 방 안에서 꼼짝 말고 있어. 알겠니?"

오바상이 방문을 쾅 닫고 나갔다.

'특별한 군인이니 고분고분 상대하라고? 방직공장이 없다고? 그러면 왜 날 여기로 데려왔지? 군인이 하라는 대로만 하면 아무 일도 없다는 게 도대체 무슨 말일까.'

서성거리다가 나무침대에 걸터앉았다. 차디찬 냉기가 흘렀다. 오바상이 준 담요를 침대에 깔았다. 난로 뚜껑을 열고 까만 돌같이 생긴 조개탄을 집어넣었다. 조개탄에 불길이 닿자 푸르스름한 불꽃이 올라왔다.

잠시 후, 와자지껄한 소리가 들려왔다. 철커덕철커덕 군화 소리도 들렸다. 거칠게 방문 여닫는 소리도 들렸다.

'정자 언니는 뭘 하고 있을까.'

너무 궁금해서 방문을 열려고 살짝 밀어보았다. 내 방문이 밖에서 잠겨 있었다.

'오바상이 잠근 것일까.'

창문도 없는 방에서 두 귀로만 밖의 사정을 가늠했다. 가끔 비명과 울부짖는 소리가 들렸다. 감옥에 갇힌 기분이었다. 나는 너무 무서웠다. 시간이 갈수록 초조해졌다.

'방직공장과 일본 군인과 이 작은 방은 무슨 관계가 있을까.'

만난 적도 없는 일본 군인을 내가 왜 기다려야 하는지 이유도 모른 채, 깜깜한 밤중에 홀로 산속을 헤매는 것처럼 불안한 시간이 흘렀다.

얼마나 시간이 지났을까. 군화 소리가 바로 내 방 앞에서 들렸다. 드디어 일본 군인이 도착한 모양이었다. 나는 서 있어야 할지, 앉아 있어야 할지, 가만히 있어야 하는지, 인사를 해야 하는지, 도무지 어떻게 해야 할지 갈피를 잡을 수 없었다.

내 방문 자물통에 열쇠를 꽂는 소리가 들렸다. 잠시 후 문이 벌컥 열리고 일본 군인이 방 안으로 들어섰다. 그의 어깨에 달린 번쩍번쩍 빛나는 금색 별 두 개가 꺼질 듯 흔들리는 호롱불빛에 어른거렸다. 군인은 들어오자마자 털모자를 벗고 나를 향해 씨익 웃었다. 나도 모르게 오싹 소름이 돋았다.

'별을 단 군인이라 특별하다고 했을까.'

군인은 아버지 나이보다 조금 젊어 보였다. 키는 작은 편이었고, 몸은 보통 체격이었다. 손에는 총을, 허리에는 긴 칼을 차고 있었다.

군인은 총을 내려놓고 칼도 뽑아 침대 옆에 놓았다. 나는 무서워서 똑바로 쳐다보지도 못하고 곁눈으로 그의 얼굴을 살폈다. 콧수염을 길렀는데 눈매가 가늘어서 몹시 매섭게 보였다. 군인이 침대 위에 걸터앉아 내게 군화를 벗기라고 했다. 명령을 어길 수가 없었다. 군화를 벗기고 구석으로 가서 서 있었다.

일본 군인이 나에게 손을 내밀었다. 침대로 오라는 것 같았다. 나는 고개를 절레절레 저었다. 군인이 손을 뻗어 내 팔을 거칠게 잡아당겼다. 무서워서 밖으로 나가려고 문을 열려는 순간 억센 손길이 내 등을 세게 후려쳤다. 나는 그대로 바닥에 쓰러졌다.

군인은 내 몸을 번쩍 들어 물건을 집어 던지듯 침대 위에 쓰러뜨렸다. 나는 영문을 알 수 없었다.

'내가 뭘 잘못한 걸까.'

나는 어떻게든 이 상황을 벗어나고 싶어 무조건 두 손을 싹싹 빌었다. 군인은 명령하듯 손을 내밀며 짧게 말했다.

"깃대(이리 와)!"

나는 얼른 일어섰다. 군인은 두 손을 내게 내밀며 조금 부드러운 목소리로 말했다.

"하야꾸, 오라다까라(어서 이리 오라니까)!"

나는 무서워서 뒷걸음질 쳤다. 온몸이 오들오들 떨렸다.

난로에 조개탄을 넣으라거나, 발을 닦으라고 하면 그건 할 수 있을 것 같았다. 군인의 눈이 점점 이글이글 타오르는 불꽃처럼 느껴졌

날개 꺾인 새

다. 갑자기 일본 군인이 나를 번쩍 들어 침대에 눕혔다. 나는 일본 군인의 거친 손길에 한낱 지렁이처럼 꿈틀거리며 반항하는 것밖엔 아무것도 할 수 없었다. 일본 군인은 내 저고리를 벗기려 했다. 나는 군인의 가슴을 온 힘을 다해 두 손으로 밀어내며 울부짖었다. 군인의 거친 손이 내 옷을 확 잡아 헤쳤다. 저고리 옷고름이 투둑 끊어졌다. 성난 황소가 내뿜는 콧김처럼 뜨거운 입김이 내 얼굴에 훅 끼쳤다. 나는 두 손으로 가슴을 가리며 애원했다.

"살려주세요! 제발."

그때였다. 눈앞에서 불이 번쩍 일었다. 일본 군인이 내 뺨을 때렸다. 나는 악을 쓰며 몸부림을 쳤다. 다시 눈앞에서 불이 번쩍 한 번, 두 번, 세 번 연거푸 일었다.

"빠가야로(바보같이)!"

뜨겁고 역겨운 입김이 내 얼굴을 덮쳤다. 육중한 바윗덩어리 같은 몸이 나를 엎어눌렀다. 숨이 막힐 것 같았다. 나는 죽을힘을 다해 버둥거렸다. 그러나 애벌레가 커다란 바윗돌을 미는 것과 같았다. 일본 군인은 한 손으로 내 어깨를 짓누르고, 다른 한 손은 내 가슴을 더듬었다.

'도대체 왜 이러는 걸까. 뭘 하려는 걸까.'

순간 엄마의 얼굴이 떠올랐다.

'항상 몸가짐을 조심하라고 했는데. 특별대우라는 게 이런 걸까.'

나는 안간힘을 쓰며 반항했다. 그럴수록 짐승 같은 손이 더 강하게 내 몸을 더듬었다. 나는 목이 터져라 오바상을 불렀다. 살려달라고 소리쳤다. 아무리 불러도 오바상은 오지 않았다. 이윽고 끔찍한 손이 내 속바지에 닿았다. 혀를 날름거리는 능구렁이가 내 몸을 휘감았다. 아무리 악을 쓰며 반항해도 일본 군인은 나를 꼼짝 못 하게 짓누르고, 다른 손으로 자기 바지를 끌어내렸다.

'이 끔찍한 짐승을 어떻게 물리칠 수 있을까.'

제발 살려달라고 미친 듯이 고개를 흔들다가 내 어깨를 꽉 누른 군인의 손목이 내 입 언저리에 닿았다. 나는 최후의 발악으로 군인의 손목을 힘껏 깨물었다. 군인이 고함을 지르며 내게서 떨어졌다. 잔뜩 성이 난 멧돼지 같았다. 군인은 손목을 쥐고 두리번거리다가 총을 집어 들더니 총대로 내 머리를 휘갈겼다. 머리가 깨어지는 것 같았다. 나는 그대로 정신을 잃고 말았다.

누군가가 내 뺨을 찰싹찰싹 때렸다. 눈을 뜨니 오바상이었다. 왈칵 울음이 나왔다. 왜 이제야 왔느냐고, 죽는 줄 알았다고 말하고 싶은데, 너무 떨리고 아파서 목소리가 나오지 않았다. 오바상이 수건에 물을 묻혀 내 머리를 닦았다. 피가 묻어 나왔다. 제대로 정신을 차리고 보니 알몸이었다. 얼른 담요를 끌어당겨 덮었다. 아랫도리가 찢겨 나가는 것처럼 아팠다.

"이런 바보 같은! 고분고분하라고 미리 일렀잖아! 죽고 싶어 환장했구나! 왜 반항을 해?"

오바상의 목소리가 서슬이 퍼런 칼날 같았다. 그러나 내가 매달릴

날개 꺾인 새

사람이라곤 오바상 밖에 없었다.

"오바상! 그 군인이 나한테 왜 그래요? 무서워요. 난 싫어요. 난 방직공장에……."

오바상이 내 말이 끝나기도 전에 호통을 쳤다.

"살아남은 게 다행인 줄 알아! 질 나쁜 졸병이었으면 넌 벌써 죽었어. 사냥개냐? 앙칼지게 손목을 물어뜯다니!"

오바상이 빨간 약을 내 머리에 발랐다.

"주전자에 물 데워서 아랫도리 씻고 저 알약을 물에 타서 소독해. 바보 같으니라고."

오바상이 방문을 쾅 닫고 나가버렸다. 나는 간신히 침대에서 일어났다. 아랫도리에 피가 낭자했다. 아파서 바로 설 수도 없었다.

'도대체 나한테 무슨 짓을 한 걸까.'

눈앞이 빙빙 돌고 다리가 휘청거렸다. 쓰러지듯 침대에 걸터앉았다. 오줌이 마려웠다. 쪼그리고 앉으려니 아래가 너무 쓰리고 아팠다. 악마 같은 일본 군인이 떠올랐다. 그 악마가 총대로 나를 때린 것까지는 떠올랐는데, 그 다음은 아무것도 기억나지 않았다. 겨우 소변을 보고 옷을 입었다. 내 젖가슴과 몸에 더러운 벌레가 기어 다닌 것 같았다. 주전자에서 더운물을 따라 대야에 붓고 약병에서 약을 꺼내 물에 풀었다. 물 색깔이 분홍색으로 변했다. 진달래꽃 색인데도 조금도 곱게 느껴지지 않았다.

나는 간신히 몸 구석구석을 닦아냈다. 가슴도 닦고, 배꼽도 닦고,

허벅지도 닦고, 손도 닦았다. 눈물이 마구 쏟아졌다.

'내가 왜 일본 사람을 따라왔을까.'

움직일 때마다 아래에서 피가 흘렀다.

'이러다 죽는 게 아닐까.'

머리도 욱신욱신 쑤셨다. 살살 만져보니 피가 엉겨 붙어 머리카락이 꾸덕꾸덕했다. 몹시 추운 데도 난로에 조개탄을 넣을 힘도 없었다. 간신히 담요를 덮고 웅크린 채 아픔을 참았다. 자꾸만 눈물이 나왔다.

'엄마, 집에 돌아가고 싶어. 나 이제 어떻게 해.'

방직공장이란 말이 원수 같았다. 나를 취직시켜 준다던 순사가 앞에 있으면 사정없이 물어뜯고 싶었다.

'나만 이런 걸까. 정자 언니는 괜찮을까.'

온몸이 떨려서 이가 딱딱 부딪혔다. 다시 정신이 가물가물했다.

누군가 내 몸을 막 흔들었다. 간신히 눈을 떴다. 오바상이었다. 어느새 이튿날 아침이었다.

"종소리 못 들었어? 빨리 항고 가지고 나와! 굶어 죽을 거야?"

오바상이 난로에 조개탄을 넣으면서 내게 항고를 던지듯 내밀었다. 일어설 수가 없었다. 종소리도 전혀 듣지 못했다. 오바상이 조개탄을 넣는 부삽으로 항고를 탁탁 치며 빨리 밥을 받아오라고 했다. 나는 고개를 저었다. 아무것도 먹고 싶지도 않았고, 먹을 수도 없었다.

"너한테 들어간 돈이 얼만지 알아? 어서 일어나!"

나는 겨우 몸만 뒤척일 수 있었다.

날개 꺾인 새

'나한테 무슨 돈이 들었다는 걸까.'

오바상이 내 항고를 들고 나가더니 밥을 받아다 침대 위에 던져놓고 나갔다. 밥 냄새도 싫었다. 아래가 아파서 견딜 수가 없었다. 물을 마시고 싶었지만, 물을 마시면 오줌이 마려울까 봐 겁이 나서 물조차 마실 수가 없었다. 자꾸만 몸이 떨렸다. 간신히 일어나 난로에 조개탄을 넣었다.

얼마 후 오바상이 다시 들어왔다.

"왜 밥을 안 먹니? 누구 골탕 먹일 일 있어? 죽기로 작정했니? 오늘부터는 너도 보통의 조센삐야. 곧 일본 군인들이 올 텐데 어서 밥부터 먹으란 말이야!"

조센삐! 처음 듣는 말이었다. 일본 군인이 온다는 말이 비수처럼 가슴을 찔렀다.

"오바상, 싫어요. 너무 아파서 죽을 것 같아요. 일본 군인이 제 방에 못 들어오게 해주세요. 제발. 난 방직공장에 가려고 왔단 말이에요."

"하루꼬! 이런 멍청하긴! 너 여기 왜 왔는지 아직도 몰라?"

"방직공장에 취직시켜 준다며 일본 사람이 데려왔어요. 공장으로 보내주세요. 네?"

"시끄럽다! 여긴 일본군 위안소야. 알겠니? 넌 조센삐일 뿐이야. 일본 군인을 상대하는 조센삐! 알겠니?"

"아니에요. 아니라니까요. 뭔가 잘못된 거예요. 이런 곳인 줄 알았으면 오지 않았다고요."

나는 오바상의 몸뻬바지를 부여잡고 애원했다. 아래가 찢어지는 것처럼 아팠다. 피가 종아리를 타고 주르르 흘러내렸다. 피를 보니 더 겁이 났다.

"오바상, 집에 가게 해 주세요. 제발요."

오바상이 화를 버럭 냈다.

"멍청하긴. 사실대로 말했으면 누가 오겠니? 다 너처럼 속아서 끌려오는 거야. 여기가 어딘 줄 알기나 하니? 여긴 네이멍구야. 조선에서 수천 리 떨어진 곳이라고. 살고 싶으면 잠자코 있어. 일본군 비위에 거슬리면 너 같은 목숨 아무렇지도 않게 없애버려. 아래서 피가난다고 죽지는 않아. 시간이 가면 다 길들지. 어서 밥부터 먹어. 바보같이 굴다가 또 매 맞지 말고, 고분고분 비위나 잘 맞춰. 그게 네가 사는 길이야."

나는 고개를 저었다. 짐승 같은 일본 군인에게 또 내 몸을 내맡길수는 없었다. 오바상의 말은 차라리 안 듣는 게 나았다.

나는 어디로든 도망치고 싶었다. 간신히 일어나 문을 열었다. 사방은 온통 눈밭이었다. 내 몸 하나 숨겨줄 만한 그 어떤 것도 보이지 않았다. 하얀 눈 세상이 내겐 깜깜한 암흑이었다. 나는 힘없이 도로 문을 닫았다. 지금은 아래가 아파서 도망친다 해도 걷기도 힘들었다.

차디차게 식어가는 밥을 보니 또 눈물이 나왔다. 울면 울수록 총대로 맞은 머리가 당기고 욱신거렸다. 나는 다시 침대에 누워 담요를 끌어다 덮었다. 이대로 깨어나지 말았으면 싶었다.

날개 꺾인 새

'도대체 뭐가 잘못된 걸까. 왜 여기까지 끌려와 이런 짓을 당해야 하는 걸까.'

어제처럼 일본 군인이 또 짐승처럼 덤벼들 걸 생각하니 치가 떨렸다. 엄마와 춘식이가 미치도록 보고 싶었다. 머리가 점점 쑤시고 아파서 끙끙 앓다가 까무룩 정신을 놓았을 때였다.

문이 벌컥 열렸다. 낯선 일본 군인이었다. 들어오자마자 총을 침대 옆에 놓고 칼을 빼서 벽에 세워놓았다. 난 아픈 것도 잊고 벌떡 일어났다. 구석에 쪼그리고 앉아 두 손을 싹싹 빌었다. 제발 살려달라고. 일본 군인이 나를 번쩍 들어 어제처럼 침대 위에 눕혔다. 나는 발버둥을 치며 고개를 절레절레 저었다. 아파서 안 된다고, 피가 났다고. 지금도 피가 난다고 미친 듯이 울부짖었다. 군인은 사정없이 내 다리를 벌리려 했다. 나는 너무 아파서 방이 떠나가도록 소리를 질렀다. 안 된다고. 너무 아프다고. 그러나 내 목소리는 점점 잦아들어 끝내는 목소리도 나오지 않았다.

일본 군인이 내 뺨을 사정없이 후려쳤다. 식식거리는 짐승, 희번덕거리는 눈길, 끔찍한 악마였다. 반항하면 할수록 군인의 숨소리가 거칠어졌다. 어제처럼 악마의 손을 물어뜯고 싶어도 쉴 새 없이 내 뺨을 때려서 물어뜯을 기회조차 허락되지 않았다. 죽을힘을 다해 악을 썼다. 그것밖에 할 수 있는 일이 없었다. 군인은 벌떡 일어나더니 칼을 집어 들었다. 번뜩이는 시퍼런 칼날을 내 목에 댔다. 움직이는 순간 내 목이 칼날에 베일 것 같았다. 나는 꼼짝도 못 하고 그대로 얼어붙었다. 일본 군인이 그제야 칼을 내려놓았다. 언제든 다시 집어들 기세였다.

나는 눈을 꼭 감았다. 차라리 죽고 싶었다. 악마 같은 짐승이 내 위에 올라탔다.

'차라리 죽자.'

이를 악물고 숨을 참았다. 아래가 칼로 도려내는 것처럼 아팠다. 나는 그대로 정신을 잃었다. 아득하게 문소리가 나는 것 같았다. 또 다른 짐승이 들어와 나를 짓밟았다. 지독한 악몽이었다. 기괴한 짐승들이 떼를 지어 나타나 차례차례로 나를 짓이겼다. 차라리 잡혀먹히기를 바랐지만, 나는 도망칠 수 없는 사냥감인 양, 일본 군인들은 나를 장난감처럼 가지고 놀았다.

그렇게 며칠이 지나갔다. 내 몸은 만신창이가 되었고, 정신은 혼미해서 시간이 가는지, 낮인지 밤인지 분간할 수가 없었다. 기계처럼 밥을 입안에 퍼 넣었고, 습관처럼 삼켰다. 생각을 잊고, 현실을 잊고 싶었다. 살아 있다는 것이 수치스러운 시간이 흘러갔다.

번호가 붙어 있는 모든 방은 괴물들이 날마다 여자들을 짓밟고 짓이기는 곳이었다. 울어도, 몸부림쳐도, 반항해도 아무 소용이 없었다. 하루하루가 지옥이었고, 그 지옥에서 치욕을 느껴야 했고, 죽은 존재처럼 살아야 했다.

정자 언니와 다른 여자들도 나와 똑같이 불지옥에서 날마다 목이 쉬도록 울었고, 온몸은 피멍 자국으로 얼룩졌다. 아랫도리는 짓이겨

날개 꺾인 새

져서 아물 새가 없었다. 나이가 어린 내가 가장 심했다. 아래가 너무 부어서 소변을 볼 수 없어 몸이 퉁퉁 부었다. 가끔 마주치는 정자 언니는 내 몰골을 보고 눈물을 흘렸다. 너무 기가 막혀 울음소리조차 꺾이고 부러지고 짓이겨져 나왔다.

며칠 후 군의관이란 사람이 위안소로 찾아왔다. 그도 일본 군인이었다. 군의관은 오바상의 방 옆에 있는 창고에서 우리 몸을 검사했다. 특수하게 만든 나무의자에는 발걸이가 달려 있었다. 그 발걸이에 양다리를 올려 사타구니를 벌리게 했다. 군의관은 내가 너무 어려서 아래가 다 찢어졌다며 상처가 아물 때까지 군인을 받지 말라고 오바상에게 일렀다.

그날부터 닷새 동안 내 방문 번호표가 뒤집혀 있었다. 번호표가 뒤집혀 있으면 일본군을 받지 않는다는 표시였다.

내 삶은 죽느냐 사느냐의 갈림길에 서 있었다. 도망쳐 봐야 잡힐 게 뻔한 황량한 땅에서 오도 가도 못하고, 날고 싶어도 날 수 없는 새. 날개가 꺾인 새였다. 첫해 내내 내 마음은 네이명구의 강추위처럼 꽁꽁 얼어붙었다.

이듬해 봄, 눈이 조금씩 녹고 얼음이 풀리기 시작할 때였다. 위안소에 있던 언니 하나가 감쪽같이 사라졌다. 오바상과 일본 군인들이 위안소 주변을 이 잡듯 뒤졌다. 그러나 찾지 못 했다. 오바상은 하늘로 증발했는지, 땅으로 꺼졌는지 모르겠다며, 위안소 밖으로 도망쳤으면 늑대 밥이 되었을 거라고 했다. 오바상은 일본 군인을 받을 사람이 하나 줄어 손해가 이만저만이 아니라고 투덜댔다.

며칠 후, 변소에서 시체가 떠올랐다. 누렇게 똥물을 뒤집어쓴 시체는 차마 눈 뜨고 볼 수가 없었다. 도망쳤다던 바로 그 언니였다. 그날 이후, 변소에 갈 때도 철저히 감시를 당했다.

채 1년도 지나지 않아 위안소에 있던 여자 중 세 명이나 목숨을 잃었다. 손목의 핏줄을 끊어 이튿날 아침 싸늘한 시체로 변해버린 언니도 있었고, 나를 동생처럼 아껴주던 정자 언니는 아래가 썩는 지독한 병에 걸려 끝내 숨을 거두었다.

시간이란 참으로 신묘한 치료 약이었다. 끔찍한 증오도, 지독한 슬픔도, 시간이 갈수록 견디는 힘이 생겼다. 그러나 깊은 슬픔이나 절망을 견디지 못해 우울증이 깊어지면, 마지막으로 선택하는 게 자살이었다. 나는 일본 사람에게 속고 당한 게 억울해서 절대로 죽을 수가 없었다.

어느 날 식사시간이었다. 나와 함께 네이멍구까지 온 한 언니가 일본 군인이 준 머리핀이라며 내게 내밀었다.

"이거 하루꼬에게 어울리겠다. 난 이런 핀을 꽂기엔 나이가 너무 많아. 하루꼬! 이리 와 봐."

언니가 내 머리에 핀을 꽂으려 했다. 그 머리핀을 보는 순간, 잘려나간 댕기 머리가 떠올랐다.

네이멍구에 도착해서 첫 검사를 받던 날, 오바상은 길게 땋은 우리의 댕기 머리를 댕강 잘라 버리고 단발머리로 만들었다. 그 순간을 생

날개 꺾인 새

각하니 내 속에서 시뻘건 불덩이가 불끈 치밀었다. 나는 머리핀을 빼앗아 바닥에 패대기치고 발로 짓이겼다.

"어머머! 야! 아까운 핀을 왜 그래?"

"언니들은 밸도 없어요? 일본 놈이 준 핀이 뭐가 좋다고. 그걸 머리에 꽂으라고요?"

나는 식식거리며 머리핀을 아주 박살 내 버렸다. 순간 물을 끼얹은 듯 침묵이 흘렀다.

"하루꼬 말이 맞아. 갈아 마셔도 분이 풀리지 않을 일본 놈들."

그때였다. 머리핀을 준 언니가 얼굴이 시뻘게지면서 성을 버럭 냈다.

"그래. 난 미쳤어. 미치지 않고서야 이 상황을 어떻게 버틸 수 있니? 내 실체를 생각하면 하루도 못 견디겠어. 너무 억울하고 분해서. 하지만 죽는다고 뭐가 달라지니? 이렇게라도 견뎌야 해. 세상에 끝은 반드시 있으니까. 그때까지 살아서 고향으로 돌아가야지. 속아서 끌려왔는데, 낯선 땅에서 죽을 수는 없잖아. 참고 견뎌야 고향에 가서 엄마도 만나고……."

언니는 기어이 목이 메어 울음을 터뜨렸다. 함께 있던 언니들도 모두 눈물바다가 되었다. 나도 언니들과 함께 엉엉 울었다. 한참을 울고 나니 답답했던 가슴이 조금 시원해진 것 같았다.

그렇게 또 한 해가 흘렀다. 어느 날, 갓 스물이 넘어 보이는 군인이 내 방에 들어왔다. 나는 항상 일본 군인은 사람이 아니라 짐승이라 생각하며 최면을 걸고 견뎠다. 그날도 제발 빨리 일을 끝내고 나가기를 기다리며 눈을 감고 있었다. 그런데 아무 소리도 들리지 않았다. 눈을 떠보니 군인이 나를 물끄러미 내려다보며 물었다.

"너 몇 살이니?"

순간 내 귀를 의심했다. 얼마 만에 들어보는 조선말인지 몰랐다. 나도 모르게 벌떡 일어났다. 부끄러운 생각에 얼굴이 화끈거렸다.

"난 조선 사람이야. 내 고향은 통영인데, 넌 어디서 왔니?"

"아저씨! 아저씨!"

우리말로 말하는 걸 들었을 뿐인데 눈물이 비 오듯 쏟아졌다. 아저씨가 내 등을 토닥이며 혀를 쯧쯧 찼다. 나는 아저씨를 붙잡고 엉엉 울면서 애원했다.

"아저씨, 나 좀 데려가 주세요. 어디든 좋아요. 일본군이 없는 곳이면 다 좋아요. 제발 여기서 나 좀 나가게 해 줘요."

"죽일 놈들. 너의 집이 어디니? 쯧쯧."

"난 서산에서 왔어요. 내 이름은 허춘자, 하루꼬가 아니고 허춘자예요."

내 이름을 말하는데 다시 뜨거운 눈물이 마구 쏟아졌다.

"그래. 너무 힘들지? 마음 단단히 먹고 견뎌내야 해. 그래야 살아서 돌아가지. 그만 울어라. 또 올게."

아저씨가 그대로 일어서며 말했다. 나는 아저씨를 붙잡고 애원했다.

"아저씨, 통영 아저씨, 제발 가지 말아요."

"안 돼. 밖에 일본 군인이 기다리고 있잖아. 너무 오래 있으면 나가

날개 꺾인 새

자마자 늦게 나왔다고 난리 쳐. 또 올게."

그때였다. 밖에서 기다리던 일본 군인이 문을 발로 쾅쾅 차면서 욕지거리를 퍼부었다. 아저씨가 나가자마자 조센징이라며 욕하는 소리가 들렸다. 곧이어 벌떼처럼 일본 군인들이 들이닥쳤다.

그날부터 나는 날마다 통영 아저씨를 기다렸다. 원수 같은 땅에서 누군가를 기다리기는 처음이었다. 통영 아저씨는 일주일에 한 번씩 나를 찾아왔다. 올 때마다 고향 얘기를 나누다 갔다. 어떤 날은 내가 너무 가엾다며 함께 울었고, 어떤 날은 전쟁터 얘기도 해주었고, 꿀이나 사탕도 들고 온 날도 있었다.

"자, 이거 너 주려고 가져왔어. 어렵게 구한 꿀이야."

"아저씨도 같이 먹어요."

"나도 전쟁터에 끌려와서 살이 엄청나게 빠졌어. 우리 어머니도 날 못 알아볼 거야. 삐쩍 마른 널 생각해서 가져왔어. 잘 먹어야 버틸 텐데……. 쯧쯧."

"아저씨, 나도 원래는 통통했어요."

"그래. 그랬겠지. 암튼 항상 몸조심해. 아프면 안 돼. 일본 놈들은 치료는커녕 죽으면 그냥 내다 버려. 그러니 악착같이 먹고 살아남아야 해."

"알았어요. 아저씨, 고마워요."

나를 진정으로 걱정해주는 아저씨의 말에 눈물이 핑 돌았다. 통영 아저씨를 만나면 나는 고향을 떠나기 전의 춘자로 돌아갔다. 윤 대감댁 진규 오빠도 부쩍 그리웠다.

　나를 알아주고, 동정해주고, 이해해주는 사람을 기다리는 일만큼 행복한 일은 없었다. 그러나 행복한 기다림도 오래 가지 않았다. 얼마 후 통영 아저씨는 귀대한다며 떠나갔다. 아저씨가 떠난 후, 내 이름을 불러주는 사람도 없는 지옥에서 나는 또다시 하루꼬가 되었다.

　살을 에는 네이멍구의 황량한 바람도, 나무 하나 없는 삭막한 사막도, 푸석푸석 흩날리는 모래 먼지도, 긴 시간 속에서 하찮은 일상이 되어 갔다. 몰아치는 삭풍에 풀들도 일어서지 못하고 누워서 꽃을 피우는 땅에서, 나는 흔하디흔한 들꽃도 되지 못한 채, 꽃봉오리도 맺지 못하고 날마다 짓이겨졌다.

　악마의 굴 같은 일본군 위안소에서, 삭정이처럼 깡마른 내 육신과 황폐해진 정신으로 허깨비 하루꼬로 살아온 지 어느덧 4년이 흘러갔다.

　1937년 중국 네이멍구 바오터우 시의 일본군 위안소로 끌려가 4년여 동안 위안부 생활을 강요당했던 배삼엽 할머니는 "일본군이 중국군과 전투할 때마다 한국에서 끌어온 위안부를 차출해 현장으로 데리고 다녔다."고 증언했다.

　- 1998년 10월 15일, 〈동아일보〉 기사 중에서

날개 꺾인 새

거친 바람을
따라가다

1941년, 난징에서 상하이까지

어느 날 저녁이었다. 갑자기 트럭이 여러 대 나타나더니 군 장비들을 싣고 군인들을 급히 태웠다. 일본군의 꼭두각시나 다름없는 오바상과 오지상도 우리를 재촉했다.

"빨리 짐 꾸려. 오늘 밤 우리는 여기를 떠난다. 어서 서둘러."

"어디로 가는 거예요?"

"모른다. 우리는 무조건 일본군을 따라가야 해!"

우리는 오바상과 오지상과 함께 일본군의 지시에 따라 트럭에 올라탔다. 짐 보따리라곤 달랑 하나, 일 년에 한 통씩 나눠주는 낡은 분갑과 달거리 할 때 쓰는 걸레 같은 헌 옷 뭉치가 전부였다. 우리는 옷 보퉁이가 보물단지라도 되는 것처럼 가슴팍에 그러안고 트럭에 옹그리고 앉았다. 마음은 어느새 천리만리 고향으로 줄달음질 쳤다.

트럭엔 군용천막을 씌워 밖을 내다볼 수가 없었다. 일본군은 언제

나 천막으로 덮은 군용트럭에 우리를 태우고 이동했고, 처음 끌고 올 때처럼 여전히 감시했다.

거칠 것 없는 황량한 들판을 비호처럼 달려가는 네이멍구의 거친 바람을 따라, 모래 먼지를 뭉게구름처럼 일으키며 일본군 트럭들이 줄지어 달렸다. 나는 지긋지긋하고 원수 같은 네이멍구를 떠나는 게 무작정 좋았다.

낯선 풍경이 나타났다가 사라지고 다시 이어지는 길 위에서, 열세 살, 고향을 떠나던 날 꽃봉오리처럼 싱그러웠던 내 어린 시절이 생각 났다. 다시는 되돌아갈 수 없는 보석 같은 고향은 늘 눈물이었다. 엄 마도 눈물이고, 춘식이를 떠올려도 눈물이 먼저였다. 엄마와 춘식이 와 오순도순 머리를 맞대고 예전처럼 살 수 있다면, 더는 바랄 게 없 을 것 같았다. 고향에 갈 수만 있다면 빈털터리라도 좋다고, 고향의 하늘과 바람과 구름을 그리워했다. 우리는 모두 이 길의 마지막이 고 향이기를 간절히 바랐다.

하지만 고향이 그리우면 그리울수록 이미 짓이겨진 꽃봉오리, 다 시는 꽃을 피울 수 없게 된 처지가 가련하고 원망스러웠다. 그러나 꽃을 피우지 못했다고, 열매를 맺지 못한다고, 나무가 아닌 것은 아 니라고 우리는 서로를 위로했다. 자연의 숲에선 꽃과 열매를 맺지 않 는 나무들도 당당히 하늘을 향해 가지를 뻗지 않느냐, 새들의 둥 지를 품을 수도 있다고 서로 도닥였다.

일본군은 끼니때가 되면 간에 기별도 가지 않을 만큼 전투 식량을 조금 주었다. 겨우 굶어죽지 않을 정도의 양이었다. 어떤 날은 길가에서 무도 뽑아먹고, 어떤 날은 아직 여물지 않은 수수밭에서 알아서 수수 이삭을 꺾어 먹으라고 차를 세우기도 했다. 날이 어두워지면 인가가 없는 산속이나 허허벌판에 차를 멈추고 용변을 보게 했다.

며칠 동안 끝없는 평원을 달리던 트럭이 한 작은 마을에서 멈췄다. 차에서 내린 후에야 그곳이 중국인 마을이라는 걸 알았다. 강어귀에 드넓은 백사장이 있었는데, 우리가 타고 온 트럭과 같은 일본군 트럭이 여러 대 보였다. 기름을 싣고 온 트럭도 있었다. 어떤 트럭은 바퀴를 빼놓았는데, 군인들이 그 밑에 들어가서 차를 고치고 있었다. 일본군은 우리 여자들을 트럭 안에서만 지내게 했다. 끼니도 트럭 안에서 해결하고 잠도 트럭에서 자게 했다.

밤이 되어도 마을에는 불을 켜는 집이 없었다. 일본군 때문에 불을 모두 끈 것인지, 원래 사람이 전혀 살지 않는 마을인지, 개미 새끼 하나 얼씬거리지 않았다.

이튿날, 또 다른 트럭들이 모여들었다. 트럭이 몰려들 때마다 여자들이 탄 트럭도 함께 왔다. 사흘째 되는 이슥한 밤이었다. 갑자기 총소리가 요란했다. 우리가 탄 트럭 바로 앞에서 불길이 치솟았다. 일본군이 우리에게 총을 겨누며 소리쳤다.

"모두 엎드렷!"

우린 트럭 바닥에 죽은 듯이 엎드렸다. 머리를 들면 총알이 날아올까 봐 두려워서 꼼짝할 수가 없었다. 훤하게 동이 틀 무렵에서야 총소리가 멎고 조용해졌다.

"마적 떼의 습격을 받았대."

한 언니가 엎드린 채 속삭였다. 나는 속으로 더 많은 마적 떼가 일본군을 공격했으면 좋겠다고 생각했다. 트럭이 몇 대나 불타고 다친 일본 군인도 여럿 있다고 했다.

어깨에 별을 단 일본 군인이 우리가 탄 트럭에 오더니, 오바상을 불러냈다. 싫거나 좋거나 오바상은 우리의 보호자여서 무슨 일인지 몹시 불안했다. 조금 있다 오바상이 트럭으로 돌아오더니 나를 불렀다.

"하루꼬, 저 군인을 따라가라."

나는 콩닥거리는 가슴을 애써 가라앉히며 군인을 따라갔다. 도착한 곳은 간이침대가 놓여 있는 임시천막이었다. 부상당한 군인 여러 명이 누워 있었다. 그곳에서 여자 서넛이 군인들의 다리에 붕대를 감고 있었다.

마적 떼의 총에 부상당한 군인들이라고 했다. 나도 할 수만 있다면 일본군을 총으로 쏴 죽이고 싶었던 적이 한두 번이 아니었다. 총을 들고 서 있는 보초만 없다면, 무슨 짓이든 하고 싶었다.

군의관이 내게 물을 떠 와라, 소독약을 타라, 부상병의 상처를 씻어라, 눈코 뜰 새 없이 일을 시켰다.

나는 부상병의 상처에서 피를 닦고 붕대를 감았다.

'오바상은 나를 어떻게 믿고 일본 군인들을 보살피게 하는 걸까.'

아파서 신음하는 일본 군인들을 보니, 내가 당한 것처럼 짓이겨버리고 싶은 욕구가 자꾸만 꿈틀거렸다. 언젠가 때가 되면 내 안에 켜켜이 쌓인 분노의 화산이 저절로 폭발할지도 몰랐다.

'아픈 사람이니 당연히 도와줘야 해. 나는 일본군과는 달라. 선한 사람이라고.'

억지로 주문을 외며 상처를 씻어내는데, 나보다 나이가 훨씬 많아 보이는 여자가 붕대를 가지고 내 옆으로 왔다. 동그스름한 얼굴에 눈매가 호수처럼 깊어 마음이 따뜻하고 포근해 보였다. 문득 다시는 만날 수 없는 정자 언니가 떠올랐다. 나는 눈으로 인사를 건넸다. 여자의 깊은 눈에 두려움이 가득 들어 있었다.

그 여자가 부상병 다리에 붕대를 감으려고 엎드렸을 때였다. 부상병이 여자의 가슴을 확 움켜쥐었다. 여자가 깜짝 놀라 비명을 질렀다. 순간 내 눈에 그 부상병이 나를 덮치는 일본 군인으로 보였다. 나도 모르게 부상병의 손을 힘껏 내리쳤다. 증오가 더해진 까닭일까, 부상병이 나한테 맞은 손을 움켜쥐고 고함을 질렀다.

"이따이(아파)!"

그 순간 여자가 헤쳐진 옷자락을 황급히 여몄다. 군의관이 무슨 일인지 확인하려고 달려왔다. 여자가 겁먹은 얼굴로 부상병을 가리켰다. 부상병은 군의관에게 내가 자기를 때렸다고 말했다. 나는 너무 기가 막혔다. 나는 군의관에게 그게 아니라고, 부상병이 저 여자를 겁탈하려 했다고 설명했다. 군의관이 눈치를 챘는지 부상병과 나를 번갈아 째려보다가 큰 소리로 말했다.

"빠가야로(바보같이)!"

나한테 하는 말인지 부상병에게 하는 말인지 아리송했다.

잠시 후 군의관은 내게 의료용구를 알코올로 소독하라 이르고 다른 부상병을 치료하러 가 버렸다. 군의관이 멀어지자 여자가 내게 말했다.

"고마워. 난 군의관이 널 쏠까 봐 조마조마했어."

"나도 모르게 손이 나갔어요."

"다행이야. 군의관이라 천만다행이야. 군인이었으면 당장 널 쏴 죽였을 거야."

나는 그제야 내 행동이 얼마나 위험한 행동이었는지 깨달았다.

물을 뜨러 가는데 여자가 물었다.

"넌 어디서 왔니?"

"네이멍구요."

"네이멍구? 고향은?"

"충청도 서산이에요."

"난 경상도 진주야. 이름은 복순이. 일본 이름은 후미꼬. 넌?"

"난 춘자예요. 일본 이름은 하루꼬. 언니라고 불러도 되죠?"

"그래. 나는 난징 위안소에 있었어. 조선에선 언제 떠났니?"

"4년 전이에요."

"알았어. 또 기회 되면 얘기하자. 서로 모른 척해."

"알았어요."

거친 바람을 따라가다

우리는 군의관 앞에서는 한마디도 나누지 않았다. 군의관이 멀리 있을 때만 귓속말을 주고받았다.

"4년 전이라면 도대체 몇 살에 끌려온 거니?"

"열세 살 때요. 언니는요?"

"나는 열여덟 살에 끌려왔어. 난징에 온 지 2년 됐어. 올해 스물이야. 달거리는 했니?"

"네. 올봄에 처음."

복순 언니가 '아유, 세상에'라고 중얼거렸다. 그때 군의관이 복순 언니를 불렀다.

"조심해. 또 보자."

복순 언니는 그 후로 나를 친동생처럼 아껴주었다.

유령마을 같은 중국인 마을에서 닷새를 머문 후, 일본군이 다시 이동을 시작했다. 나와 복순 언니는 부상병을 태운 트럭에 함께 탔다. 복순 언니가 곁에 있어서 훨씬 의지가 되었다. 감시병과 부상병 때문에 우리는 서로 눈빛만 주고받았다.

복순 언니는 난징에서 겪은 이야기를 해 주었다. 내가 네이멍구에 끌려오던 그 무렵, 일본은 중국과 전쟁을 일으켰고, 상하이를 점령한 후 수도인 난징으로 쳐들어가서, 중국인 수십만 명을 학살했다고 했다.

"우린 어디로 가는 걸까요? 고향으로 데려다주면 좋을 텐데."

"그러면 얼마나 좋겠니. 여기서 상하이가 가깝다고 하던데."

그때 일본 군인이 트럭에 올라왔다. 우리는 엉뚱한 곳을 바라보며 서로 모르는 사람처럼 행동했다.

난징 외곽을 떠난 지 닷새쯤 후에 드디어 상하이라는 곳에 도착했다. 상하이는 허허벌판이나 다름없던 네이멍구와는 비교할 수도 없는 큰 도시였다. 높은 건물들도 보였고, 인력거와 자전거가 골목골목마다 가득했다. 그런데 거리 곳곳에 부서진 건물들이 많았다. 한쪽 귀퉁이가 떨어져 나간 곳도 있었고, 지붕이 무너진 건물과 벽에 총탄의 흔적이 가득 한 건물도 있었다. 트럭은 상하이 중심가를 벗어나 바다가 보이는 곳에서 멈췄다. 그곳에는 일본군 트럭이 수십 대나 모여 있었다.

난징대학살

1937년 12월 13일, 일본군이 국민정부의 수도였던 난징을 점령한 뒤 이듬해 2월까지 대량학살과 강간, 방화 등을 저지른 사건을 가리킨다. 중국에서는 '난징대도살', 일본에서는 '난징사건'이라고 한다. 정확한 피해자 숫자는 확인할 수 없지만, 약 6주 동안 일본군에게 2~30만 명의 중국인이 잔인하게 학살되었으며, 강간 피해를 입은 여성의 수도 2~8만 명에 이르는 것으로 알려져 있다.

– 『두산백과사전』

거친 바람을 따라가다

내 방에 들어온
괴물들

1941년, 양가택 위안소

바닷가에 도착한 첫날, 트럭이 멈추자마자 일본 군인이 우리가 탄 트럭에 와서 여자들 숫자를 세었다. 오바상이 군인에게 종이를 내밀자 우리 명단을 확인하는 것 같았다. 나는 군인의 눈을 피해 복순 언니에게 물었다.

"언니, 우리를 고향으로 돌려보내려나 봐."

"글쎄다. 그랬으면 오죽이나 좋겠니."

잠시 후 일본군은 우리를 데리고 다른 트럭으로 갔다. 이미 많은 여자가 트럭에 타고 있었다. 우리가 트럭에 올라타자 앞과 뒤에 각각 일본 군인 두 명씩 모두 네 명이 우리를 감시했다.

트럭은 바닷가를 벗어나 한참 동안 시내 쪽으로 달렸다. 배를 타야 고향에 가는데, 다시 시내를 향해 달리는 걸 보니 우리 희망은 헛된 것이었다. 복잡한 시내를 벗어나 한적한 길을 얼마쯤 달리자 기다랗게 늘어선 군인 막사가 보였다. 막사 입구 양쪽에 커다란 글씨가 한문으로 쓰여 있었다.

"성스러운 전쟁을 하는 용사들을 대환영한대."

복순 언니가 내 귀에 대고 말했다.

"우리를 환영한다는 거예요?"

"아니야. 일본 군인들을 대환영한다는 뜻이지."

그때였다. 우리를 태우고 온 군인이 소리쳤다.

"민나! 구찌오 쯔군데!"

모두 입을 다물라는 말이었다. 반대쪽에도 커다란 간판이 보였다. 세로로 쓰인 글씨도 한문이었다. 복순 언니가 고개를 갸웃거렸다.

"황군의 성스러운 변소라고?"

"그게 무슨 뜻이에요?"

"쉿! 조용히 해."

트럭이 멈추자 일본 군인이 우리 모두 내리라고 재촉했다. 몸뻬를 입은 낯선 여자와 남자가 와서 우리 숫자를 세었다. 모두 서른다섯 명이었다.

여자가 우리를 막사 안으로 데리고 갔다. 막사 안엔 칸칸으로 나뉜 방이 스무 개도 넘게 있었다. 각 방문에는 우리 눈에 너무나도 익숙한 번호표가 붙어 있었다.

이곳은 네이밍구보다 훨씬 규모가 큰 일본군 위안소였다. 바닷가 부두 가까이에 이처럼 큰 위안소가 있다니, 해변에 서 있던 수십 대

내 방에 들어온 괴물들

의 일본군 트럭이 떠올랐다. 그 군인들이 당장 이 위안소로 몰려들 것만 같았다.

토끼장처럼 이어진 수많은 방. 그 방마다 침대 하나와 물통과 대야 와 소독 용구들. 일본군은 우리에게 또다시 그 지긋지긋한 일을 시키 려고 이곳으로 데려온 것이었다. 우리는 사람이 아니라 그냥 번호일 뿐이었다. 나는 25번이었고 복순 언니는 26번이었다.

식사는 각 막사 중앙에 있는 식당에서 했다. 나와 복순 언니가 있 는 막사에선 일본인 부부가 우리 주인이라고 했다. 남자는 인상이 아 주 거칠어 보였는데, 여자가 한국말을 할 줄 알았다. 우리는 그 부부 를 오지상, 오바상이라 불렀다.

다음날부터 일본군이 들이닥쳤다. 이곳은 양가택 위안소라고 했 다. 아침부터 밤까지 개미떼처럼 군인들이 줄지어 밀려들었다. 네이 멍구에서는 하루에 열다섯 명 이상은 온 적이 없었는데, 이곳은 보통 서른 명이었고, 많은 날은 마흔 명이 넘을 때도 있었다.

네이멍구를 떠나 난징을 거쳐 상하이까지 오는 동안, 군인을 상대 하지 않는 날들이 천국에 있었던 것처럼 느껴졌다. 복순 언니는 난징 에 있을 때, 군인들이 이동하는 트럭에서도 칸막이를 쳐놓고 그 짓을 당했다고 했다.

날마다 몰려드는 일본군 중에는 육군이나 해군도 있고, 군의관이 나 높은 군속들도 있었다. 낮에는 주로 일반 사병들이었고, 밤에는 계급이 높은 군인이 왔다. 계급이 높은 군인들은 위안소에서 자고 이튿날 아침에 돌아갈 때도 있었다.

일본 군인들이 선 줄이 날이 갈수록 길어졌다. 줄이 길수록 군인들은 더 난폭해졌다. 조금만 기다려도 소리를 고래고래 질렀다. 짐승과 조금도 다를 바가 없어 보였다. 빨리 나오라고 문을 발로 걷어차기도 하고, 욕지거리를 퍼붓기도 했다.

일본군들은 날마다 다른 부대에서 오는 것 같았는데, 다들 한 번도 여자를 대하지 않은 짐승처럼 날뛰었다. 내 몸은 한 달도 못 되어 다시 붓고, 찢기고, 만신창이가 되었다. 순간을 견디지 못하고 기절하기 일쑤였다. 어떤 군인은 내가 아무런 반응도 하지 않는다면서 마구 때리기도 했다.

한 달 후, 군 트럭이 우리를 태우고 해군병참병원에 데려갔다. 나에게는 염증이 너무 심하니 사흘간 군인을 받지 말라고 했다. 대신 병원에 불려가 빨래를 해야 했다. 병원에서 일하는 여자들도 거의 위안부들이었는데, 병에 걸려서 군인을 받을 수 없을 때 빨래나 붕대 감는 일을 시켰다. 그 여자들에게서 많은 정보를 들을 수 있었다.

중국을 점령한 일본은 곧 더 큰 전쟁을 일으킬 거라고 했다. 그 전쟁을 준비하려고 각지에 있던 일본군이 상하이로 모였다고 했다. 많은 일본군이 전쟁 불안증에 시달렸고, 그 불안을 달래기 위해 큰 위안소가 필요해서 중국 여자들도 많이 잡혀 왔다고 했다. 더 기가 막힌 것은 일본군이 위안소를 자신들의 성스러운 변소라고 부른다는 것이었다. 양가택 위안소에 오던 날, 복순 언니가 커다랗게 내걸린

내 방에 들어온 괴물들

간판을 보고 고개를 갸웃거렸던 게 생각났다.

'성스러운 변소라니. 부모님에게 받은 내 몸이 짐승 같은 일본군의 성욕을 받아내는 변소라는 말인가.'

나도 모르게 부드득 이를 갈았다.

사흘 동안 병원에 있다가 위안소로 돌아오니 다시 지옥에 들어온 것 같았다. 일본 군인이 내 몸을 덮치는 순간마다 죽었다고 생각하며 견뎠는데, 문득 일본군의 변소라는 말이 떠오를 때마다 나도 모르게 몸서리가 쳐졌다. 겉으로 표 내지 않으려고 해도 분노가 내 몸의 모든 세포를 닫아 버리는 것처럼 몸이 경직되었다.

갈수록 미치광이처럼 난폭해지는 일본 군인들은 내 표정이 싫다는 이유로, 어떤 일본 군인은 반응이 없다는 이유로, 어느 날은 내 표정이 자기들을 능멸한다는 이유로, 때로는 재미가 없다는 이유로 느닷없이 발로 차거나 사정없이 때렸다. 그럴수록 내 안의 분노는 더 강하게 똘똘 뭉쳐 언제 폭발할지 몰랐다.

그 무렵, 낯선 계급장을 단 일본 군인이 들어왔다. 빨간 바탕에 별이 그려진 계급장을 단 일반 병사와는 달리, 그 군인은 노란 줄에 별을 달고 있었다. 처음 보는 계급장이었다.

그 군인은 내 방에 들어오자마자 옷을 벗기라고 명령했다. 하기 싫어도 거역할 수 없는 명령이었다. 떨리는 손으로 군복을 벗겼다. 침대로 가려는데 갑자기 달려들어 내 옷을 확 잡아 찢었다. 나도 모르게 비명을 질렀다.

"좋아. 더 크게!"

군인이 주먹을 휘두르며 소리쳤다. 사람이 아니라 괴물이었다. 내 안에 꾹꾹 눌려 있던 분노가 입 밖으로 터져 나왔다.

"내가 뭘 어쨌다고요? 왜 때리는 거예요?"

그 군인은 으흐흐 웃으며 더 세게 나를 때렸다.

"좋아. 아주 좋아. 더 크게 울부짖으라고! 앙칼진 늑대 새끼처럼!"

순간 나 자신이 너무 비참했다. 그 괴물은 나를 때리고 화나게 한 다음, 내가 아파서 소리치고 악을 쓰며 울부짖는 모습을 즐기고 있었다. 너무 분했다. 내 행동이 저 기괴한 짐승을 즐겁게 하는 일이라는 걸 깨닫는 순간, 입을 꾹 다물었다. 참기 어려운 분노가 모든 핏줄을 불끈불끈 일으켜 세웠다.

'확 달려들어 저 괴물의 알몸을 왕창 물어뜯어 버릴까. 저 괴물과 함께 죽을 방법은 없을까.'

내 눈동자가 분노로 이글이글 타오를수록 그 괴물은 나를 무작정 때렸다. 나는 머리끝에서 발끝까지 분노에 휩싸여 온몸이 부들부들 떨렸다. 어느 순간 갑자기 눈앞이 하얗게 변했다. 그대로 의식을 잃고 쓰러졌다.

정신을 차렸을 때는 괴물 같던 군인이 나가 버린 후였다. 나는 옷이 다 찢어진 채 마룻바닥에 쓰러져 있었다. 의식을 잃었던 게 오히려 다행스럽게 느껴졌다.

그 날 오후였다. 갑자기 공터에서 종이 울렸다. 종소리가 울릴 때마

　　　　　　　　내 방에 들어온 괴물들

다 처참한 일들이 벌어졌다.

'오늘은 또 무슨 일일까.'

재촉하는 오지상을 따라 불안한 마음으로 공터에 나갔다.

공터에 여자가 쓰러져 있었다. 흐트러진 머리카락 때문에 얼굴은 보이지 않았다. 갈기갈기 찢어진 옷 위로 시뻘건 피가 배어 나왔다. 일본 군인이 긴 칼로 여자를 툭툭 건드렸다. 그 군인의 손에 붕대가 감겨 있었다. 군인의 계급장이 눈에 뜨인 순간, 나도 모르게 '흡!' 숨을 들이마셨다. 가슴이 오그라들었다. 바로 내 방에 들어왔던 그 괴물이었다. 나는 얼른 고개를 숙였다. 괴물이 소리쳤다.

"우리는 천황폐하의 성스러운 황군이다. 너희들은 황군을 위해 존재하는 조센삐다. 자, 반항하는 조센삐의 최후를 똑똑히 봐둬라."

괴물은 말을 마치자마자 칼을 옆에 세워놓고 총을 빼 들었다. 탕! 탕! 탕! 연이어 세 발을 여자에게 쏘았다. 쓰러져 있는 여자의 선혈이 사방으로 튀었다. 여자는 아무 반응이 없었다.

'저 나쁜 놈은 내게 했던 짓을 저 여자에게도 똑같이 했겠지. 여자는 참다 참다 도저히 참을 수 없었을 거야. 그래서 반항했겠지. 손을 물었을까? 아니면 손가락을 부러뜨렸을까?'

여자의 최후를 지켜보며 우리는 살아 있어도 산목숨들이 아니라는 생각에 가슴이 미어졌다. 처참하게 죽은 여자의 모습이 내일이나 모레, 아니면 가까운 미래의 내 모습일 수 있었다. 엄청난 공포 앞에서 모두 숨을 죽인 채 흐르는 눈물을 소리 없이 삼켰다. 몇몇이 흐느끼

기 시작했다. 울음이 전염병처럼 번졌다. 그때였다. 그 일본 군인이
허공에 대고 총을 쏘았다.

"조센삐! 모두 죽고 싶나? 눈물은 황군을 위해서만 흘려야 한다!
모두 해산!"

여자의 시체를 뒤로하고 방으로 돌아왔다. 살아 있는 게 원망스러
웠다.

'얼마나 더 끔찍한 상황을 견뎌내야 할까.'

부들부들 떨리는 주먹을 꼭 쥐고 이를 악물었다.

양가택 위안소에서 가을을 넘기고 초겨울로 접어들 때였다. 일요
일이었는데, 뭔가 다른 느낌을 주는 군인이 내 방으로 들어왔다. 군
인은 방에 들어오더니 방 안을 둘러보며 나를 살폈다. 들어오자마자
달려드는 일본 군인과는 전혀 달랐다. 군인이 침대에 걸터앉더니 한
숨을 푹 내쉬며 내게 물었다.

"조선에서 왔지?"

그 말을 듣는 순간 네이멍구에서 통영 아저씨를 만났을 때처럼 반
가움과 부끄러움이 교차했다.

"내 고향은 충청도인데."

충청도라는 말에 가슴이 턱 막혔다. 속으로는 한없이 반가우면서
도 혹시 나를 아는 사람일까 봐 겁이 났다. 죄를 지은 것도 아닌데 떳
떳하게 내보일 수 없는 내 처지가 서글펐다. 머뭇거리는 내게 군인이
말했다.

내 방에 들어온 괴물들

"난 어릴 때 아버지를 따라 일본으로 갔다가 일본군에 징집당했어. 부모님은 일본에 살고 있어."

나는 그제야 안심이 되었다. 군인이 한숨을 내쉬며 말했다.

"난 솔직히 위안소에 오기 싫어. 일본 군인 중에도 나처럼 여기 오기 싫어하는 사람들이 있어. 부대에서는 큰 선물이라도 주는 것처럼 위안소로 보내지만, 이건 비인간적인 일이야. 어린 조선 여자들을 끌어다가……."

군인의 말을 듣는 순간 눈물이 마구 흘러내렸다.

"울지 마. 집이 얼마나 그립겠니? 나도 집에 가고 싶어. 미치광이들의 광란이 언제 끝날지……."

"아저씨, 전쟁은 언제 끝날까요?"

"언젠가는 끝나겠지. 난 보급부대라 여기저기 많은 곳을 다녀봤어. 지금 군인들을 모두 남방국 곳곳으로 이동시키고 있어."

"남방국이 어디에요?"

"버마, 필리핀, 태국 같은 나라야. 아주 여러 나라가 있어."

"우리도 가야 하는 거예요?"

"아마도 그럴 거야. 일본군이 가는 곳이면 어디든 위안부들도 데려가겠지."

"아저씨도 거기로 가요?"

군인이 말없이 고개를 끄덕였다. 조선 사람이라 그럴까, 전쟁광처럼 보이는 일본 군인과는 많이 달랐다. 궁금한 것들을 물어보는 사이 시간은 자꾸만 흘러갔다. 밖에서 기다리던 일본 군인이 '조센징 빨리 나오라'며 욕지거리를 퍼부었다.

밖으로 나가려던 아저씨가 돌아서서 내게 말했다.

"몸조심 해. 난 내일 여기를 떠나."

"아저씨도 몸조심하세요."

문을 열고 나가는 군인의 뒷모습을 보니 또 눈물이 쏟아졌다. 뒤이어 일본 군인들이 이리떼처럼 덤벼들었다.

양가택 위안소

"1941년 7월, 관동군은 소련군을 가상의 적으로 삼아 대규모 특별군사연습을 진행하였다. 우메즈 요시지로 관동군 사령관은 이를 계기로 조선 총독부로부터 8천 명의 조선 여성을 징집하여 만주에 오게 한 뒤 위안부로 충당했다. 이는 관동군이 정식으로 위안부 징집을 조직한 첫 사례다."
– 차오 위 지에 지린 성 기록관 보고(코리아넷 뉴스, 일본군 위안부 국제학술회의)

남경대학살로 유명한 남경전이 종료된 직후인 1938년 초, 아소 데츠오 군의는 군특무부로부터 갑작스런 연락을 받았다. 곧 개설될 '육군오락장'을 위해 대기 중인 부녀자 100여 명의 신체검사를 하라는 것이었다. 이 육군오락장은 1938년 1월 상하이 근교에 개설되어 최초의 군 직영 위안소로 알려져 있는 '양가택 육군위안소'이다.
– 〈국민일보〉 2004년 10월 31일 자(일군 위안소 대책 아소 보고서 충격)

내 방에 들어온 괴물들

머나먼
뱃길

1942년, 남방으로

며칠 후 오바상과 오지상이 갑자기 우리에게 짐을 꾸리라고 했다. 위안소에 있는 모든 여자가 짐을 싸느라 왁자지껄했다. 나는 복순 언니에게만 살짝 말했다.

"언니, 일본이 더 큰 전쟁을 일으킬 거래. 우리도 남방국으로 데려간대."

"남방국? 거기가 어딘데?"

"나도 몰라. 남쪽에 있는 나라들을 그렇게 부르나 봐. 암튼 아주 먼 곳이래."

복순 언니가 한숨을 내쉬며 입조심 하라고 당부했다. 트럭이 우리를 태우러 왔다. 트럭이 멈춘 곳은 상하이에서 가장 큰 부두였다. 부두에는 어마어마하게 큰 배들이 많았다. 내 방에 왔던 군인에게 일본군이 남방국으로 이동한다는 말을 듣지 않았다면, 저 배들이 우리를 고향으로 데려다줄 걸로 착각했을 것이다.

배는 4층이었는데, 위안소 건물보다도 훨씬 더 커 보였다. 우리는 일본군의 명령에 따라 오지상과 오바상과 함께 배에 오른 다음 가장 아래 있는 선실로 들어갔다.

맨 아래 칸에는 짐들과 함께 여자들이 빼곡하게 앉아 있었다. 치마 저고리를 입고 머리를 가지런히 땋은 여자들도 있었다. 옷을 보니 나처럼 조선에서 끌려온 여자들이 틀림없었다. 두려움과 호기심으로 가득한 눈망울들은 조선을 떠날 때의 내 모습과 똑 닮아 있었다. 그 여자들을 보니 가슴이 저리고 아팠다.

"어디서 배를 탔어요?"

"부산이요. 여긴 어디예요? 방직공장은 아직 멀었나요?"

방직공장이란 말을 듣는 순간, 일본군들이 아직도 새빨간 거짓말로 여자들을 끌어온다는 사실을 알 수 있었다. 나와 같은 운명을 걷게 될 여자들이 너무나 가엾었다.

복순 언니도 부산에서 배를 타고 상하이에 내린 다음, 일본군 트럭을 타고 난징까지 끌려갔다고 했다.

"언니가 처음에 탔던 배도 이렇게 컸어? 난 배도 처음 타지만 이렇게 큰 배도 처음 봐."

"그래. 그때도 이렇게 큰 군함이었어. 위에는 군인들이 탔고. 배 밑바닥에는 여자들이 가득 타고 있었어."

배를 타고 하루를 기다린 다음 날, 엔진 소리가 심하게 울렸다. 우리가 있는 곳이 배의 가장 밑 부분인 기관실 바로 위라서 엔진 소리가 더 크게 들린다고 했다.

"이제 배가 움직이기 시작했어."

복순 언니가 감시병의 눈을 피해 내 귀에 대고 말했다. 선실에 있는 여자들이 술렁이기 시작했다. 어디로 가는지, 얼마 동안 배를 타야 하는지, 멀미는 심하지 않을지, 모두가 눈동자만 불안하게 굴렸다. 선실에서는 엔진 소리가 너무 크게 들려서 잠조차 잘 수 없었다. 감시병의 눈길을 피해 얘기라도 주고받아야 참을 수 있었다. 내 옆에 있는 여자는 몹시 불안해 보였다. 나는 감시병이 보지 않을 때 귓속말로 물었다.

"어디서 왔어요?"

"전라도에서 왔어요. 배를 탄 지 꽤 된 거 같아요. 일본이 가깝다고 하던데 왜 이렇게 오래 가요?"

전라도 여자는 5년 전 나와 똑같았다. 아무것도 모르고 있었다. 나는 그 여자에게 사실대로 말해주었다.

"여긴 중국 상하이예요. 이 배는 지금 남방국으로 간대요."

여자가 고개를 저었다.

"안 돼요. 난 일본에 가야 해요. 가서 돈을 벌어야 해요. 일본에 가면 돈을 벌 수 있다고 해서 왔는데……."

"나도 오래전에 속아서 끌려왔어요. 이 배는 일본으로 가는 게 아니에요."

여자가 고개를 저으며 울먹거렸다. 복순 언니가 여자의 등을 토닥거렸다.

"우리 모두 일본에 속아서 끌려왔어. 모두 같은 처지야."

전라도 여자가 결국 울음을 터뜨렸다.

"진정해요. 고향에서 언제 떠났어요?"

"거의 한 달 전이에요. 집은 전라도 함평인데, 목포에서 여러 날 기다렸어요. 배를 탄 지는 열흘 전쯤이에요. 목포에서 아주 많은 사람이 탔어요. 언니들은 어디서 왔어요?"

"난 충청도 서산에서 왔어요. 나도 5년 전에 일본의 방직공장에 가는 줄 알았어요."

"방직공장이 아니면 뭐하는 곳인데요?"

나는 일본 군인의 성노예가 된다는 사실을 차마 내 입으로 말해줄 수가 없었다.

"요즘 조선은 어때요? 오래전에 떠나와서 그동안 어떻게 변했는지 너무 궁금해요. 엄마랑 동생도 걱정되고요."

"일본이 내선일체라며 창씨개명을 하라고 했어요. 성과 이름을 바꾸지 않으면 대놓고 괴롭혀서 창씨개명을 안 할 수가 없어요."

나는 하루꼬라는 내 이름을 생각했다.

'이제 이름까지 바꾸게 하다니.'

여자가 다시 물었다.

"우린 어디로 가는 거예요?"

"일본군이 싸우는 전쟁터로 가는 거예요."

"전쟁터라고요? 그럼 방직공장은요?"

나는 어쩔 수 없이 모든 사실을 말해주었다. 이미 배를 탔으니 피할 수도 없는 운명이었다. 다만 병원 일을 시킬지도 모른다고 말해주며 가느란 희망의 끈이라도 잡기를 바랐다.

배에서는 하루에 두 번씩 주먹밥을 나눠주었다. 겨우 굶어 죽지 않을 만큼이었다. 배 밑바닥에 있으니 날이 바뀌는지, 달이 뜨는지, 도무지 알 수가 없었다.

어느 날, 총을 든 일본 군인이 선실에 들어와 모두 밖으로 나오라고 했다. 짐을 그대로 놔두고 몸만 나오라는 게 이상했다. 갑판 위로 올라갔다. 앞은 하늘과 바다의 경계가 보이지 않는 망망대해였고, 가까운 곳에 섬이 보였다. 밑바닥 선실에만 갇혀 있던 터라 가슴이 확 트이는 것 같았다.

군인들이 작은 배를 바다에 띄우고 사람들을 태웠다. 작은 배는 섬에다 사람들을 내려놓고 다시 큰 배로 와서 사람들을 태워 섬으로 날랐다.

우리가 도착한 곳은 사람이 살지 않는 섬이었다. 밀림이 무성하게 우거져서, 그 속으로 한 발자국도 들여놓기 어려운 곳이었다. 왜 배에서 내리게 했는지, 이곳에서 뭘 하려는 건지, 아무것도 알려주지 않았다. 일본군은 사람들을 바닷가에 내려놓고 큰 배로 돌아가 뭔가 하는 것 같았다.

우리는 섬에서 이틀 동안 머물러 있었다. 음식은 배에서 주먹밥을 가져다주었다. 사흘째 되는 날, 다시 작은 배를 타고 바다로 나가 큰 배에 올라탔다. 갑판 위에서 군인들이 이상하게 생긴 옷을 하나씩 나누어 주었다. 구명조끼라고 했다. 물에 빠져도 구명조끼를 입고 있으면 가라앉지 않는다고 했다.

"언니, 이 옷을 왜 나눠주는 걸까?"

"바닷속에 센스이칸이 떠다닌대."

나는 구명조끼도, 센스이칸이라는 말도 처음 들었다. 센스이칸은 잠수함이라고 했다.

잠수함의 공격 때문에 배는 며칠에 한 번씩 엔진을 끈 채 바다 한 가운데서 멈춰섰다. 그때마다 사람들을 작은 배에 실어 가까이 있는 무인도에 내려놓았다. 무인도는 너무나 평화로와 다시 배에 오르기가 싫었다. 햇살에 반짝이는 물결. 바닷속 풍경까지 훤히 들여다보이도록 맑은 물, 낙원이 있다면 바로 이런 곳일 듯했다. 그러나 아무리 좋은 경치를 봐도 내 고향보다 더 좋은 곳은 없을 터였다.

다시 배를 타고 가다가 큰 항구에 도착했다. 이번에도 짐은 그대로 두고 모두 몸만 내리라고 했다. 우리는 무슨 일일지 궁금해하며 육지에 발을 디뎠다. 상하이보다 훨씬 높은 건물들이 많고, 얼굴이 희고 코가 높은 서양 사람들도 많았는데, 홍콩이라고 했다.

일본군은 우리를 여관으로 데려갔다. 그곳에서 일본 군인의 감시를 받으며 며칠을 지냈다. 가까이에서 폭탄이 터지는 소리가 들리고 총 쏘는 소리가 귀청을 찢었다.

며칠 후, 일본군은 우리를 다시 바다로 데려갔다. 거리에는 욱일승천기가 나부끼고 있었다. 일본군은 홍콩을 완전히 점령했다며 만세를 불렀다.

다시 배에 탔는데, 선실에 낯선 사람들이 꽤 많았다. 홍콩에 있던 위안부들이라고 했다. 그들한테서 새로운 소식을 들을 수 있었다.

일본이 중국을 상대로 큰 전쟁을 벌였는데, 상하이에서 난징까지 집어삼키고 홍콩도 그들의 수중에 넣었다고 했다. 그래서 홍콩에 머무르는 동안 일본군의 공격 때문에 그토록 엄청난 포격 소리가 들린 모양이었다. 이제 일본은 남방국까지 손에 넣으려고 일본과 조선의 젊은 남자들을 전쟁터로 끌어온다고 했다. 급하게 데려온 청년들에게 배에서 군사 훈련을 시킨다고 했다. 그 이야기를 들으니 춘식이와 진규 오빠가 떠올라 걱정되었다.

바닷길은 여전히 쉽지 않았다. 잠수함을 피하느라 배에서 내렸다 다시 타기를 수도 없이 반복했다. 바닷가는 습하고 무더워 밤이 되면 모기가 극성을 부렸다. 한 번 물리면 며칠씩 가렵고 메주콩처럼 부풀어 올랐다. 일본군은 말라리아모기에 물리지 않도록 작은 물약 병을 나눠주었다. 말라리아에 걸리면 생명까지 위험하다고 했다. 우리는 겁이 나서 열심히 약을 발랐다.

말라리아에 걸려 설사 하는 사람들은 선실 구석에 격리시켰다. 그 사람들에겐 밥도 주지 않는다고 수런거렸다. 앓다가 죽으면 시체를 바다에 던져 버린다고도 했다.

바다 위에서 보내는 기간이 길어지자 식량이 가장 문제였다. 주먹밥도 하루에 한 끼만 주었다. 허기에 지친 사람들은 무인도에 내리면 먹을 것을 찾아 밀림 속에서 헤맸다. 나도 복순 언니와 함께 밀림으로 들어가 연한 풀을 뜯어다 삶아서 배를 채웠다.

무인도에 내려 무작정 기다리다가 다시 배를 탄 지 서너 시간이 흘렀을 때였다. 갑자기 사이렌이 울리고 선실 밖으로 급히 나오라는 방송이 들렸다. 갑판 위에선 일본 군인들이 구명조끼를 나눠주며 무조건 바다로 뛰어내리라고 했다. 복순 언니와 나도 급히 구명조끼를 입었다. 하지만, 시퍼런 바닷물로 뛰어들려고 하니 발이 떨어지지 않았다. 일본 군인이 우리를 강제로 떠다밀었다. 바다에 떨어지는 순간 이젠 죽었구나 하고 눈을 꼭 감았다. 정신을 차려 보니 내가 물에 둥둥 떠 있었다. 구명조끼 덕이었다. 주변에도 물오리처럼 사람들이 둥둥 떠다녔다.

'복순 언니는 어디 있을까.'

분명히 함께 바다로 떨어졌는데, 내 옆에는 낯선 사람들만 보였다. 복순 언니를 부르며 사방을 살필 때였다. 삽시간에 거대한 물기둥이 하늘로 솟구쳐 올랐다. 나는 거센 소용돌이에 휘말려 물속으로 쑤욱 빨려 들어갔다. 숨을 쉴 수가 없었다. 몇 번이나 물속으로 곤두박질쳤다가 다시 떠올랐는지, 내가 살아 있는지, 죽었는지조차 분간할 수 없었다.

얼마 후 정신을 차리고 보니 배에서 꽤 멀어져 있었다. 내가 탔던 배는 여전히 바다 위에 떠 있었다. 갑판 위에선 일본군들이 이리저리 뛰어다녔다.

살아 있는 게 믿어지지 않았다. 얼른 복순 언니를 찾아야 했다. 언니도 나처럼 구명조끼를 입었으니 어딘가에 떠 있을 것 같았다. 미친 듯이 언니를 불렀다. 기운이 점점 빠져 팔다리가 잘 움직여지지 않았다. 그때였다. 복순 언니가 허우적거리며 내 쪽으로 오고 있었다. 울음이 절로 나왔다.

"언니, 살아 있었구나. 난 언니가 죽은 줄 알았어."

"나도 너를 잃은 줄 알았어. 우리 둘을 끈으로 묶자. 죽어도 함께 죽고 살아도 함께 살게. 무서워 죽겠어."

복순 언니와 난 구명조끼 끈을 서로 묶었다. 이제 다리 힘도 빠져 맘대로 움직여지지 않았다. 우리는 물 위에 둥둥 뜬 채 물결 따라 이리저리 떠다녔다. 또다시 물기둥이 솟구칠까 봐 너무 무서웠다. 몸은 점점 얼어붙는 것 같았다. 정신도 가물가물했다.

'이렇게 바다에서 죽는구나.'

엄마와 춘식이 얼굴이 눈앞에 어른거렸다.

"배에서 보트를 내렸어. 우릴 구조하려나 봐. 조금만 참아."

복순 언니가 힘을 내라며 내 몸을 흔들었다. 군인들이 물에 떠 있는 사람들을 구조하고 있었다. 우리도 구조되어 큰 배에 올라가서야 살았다는 안도감이 밀려왔다.

다행히 우리가 탄 배는 잠수함 공격에서 비켜났다고 했다. 앞서가던 배가 잠수함 공격으로 침몰해서 우리 배에 구조된 사람도 있다고 했다. 그 배에도 일본 군인과 여자들이 많이 타고 있었는데, 많은 사람이 배와 함께 폭발해서 바닷속에 수장되었다고 했다. 그 말을 들으니 살아 있는 게 기적 같았다. 바다 위에는 죽은 사람들의 신발과 소지품들이 둥둥 떠다녔다.

상하이를 떠나 홍콩을 거쳐 남방까지 오는데 거의 일 년이 흘렀다. 잠수함 공격을 피하느라 배가 멈춰서 있기도 하고, 무인도에 내렸다 탔다 하느라 많은 시간이 걸린 것이다. 도착한 곳은 필리핀의 마닐라 근처라고 했다.

강제로 끌려간 여성들은 여관이나 창고 등에 감금되었다가 목적지로 수송되었는데, 서울과 부산 쪽이 대부분이었다. 조선인 정신대들은 군병참부의 책임 하에 군용화물 열차나 수송선으로 목적지에 옮겨졌으며, 이들은 하나의 화물로 취급되었다. 먼 남양군도로 끌려가던 조선인 정신대들은 수송 도중 미군의 폭격이나 어뢰로 수송선이 격침되어 수중고혼이 된 예가 부지기수였다.
- 『한국민족문학대백과사전』, 「일본군위안부」 중에서

머나먼 뱃길

전쟁 같은
날들

1943년, 필리핀 레이테 섬

필리핀 마닐라의 날씨는 덥고 습도가 높아 온몸이 끈적거렸다. 입고 있는 옷조차 거추장스러울 정도였다. 일본군은 우리를 넓은 건물로 데려갔다. 관공서로 쓰던 건물 같았다. 첫날은 우리에게 아무 일도 시키지 않았다. 우리는 창문 밖을 바라보며 필리핀 사람들을 구경했다. 필리핀 사람들은 우리보다 키가 작았다. 눈이 커서 선량해 보였고 까무잡잡한 살결은 건강하게 보였다. 나는 아이들을 안고 있는 여자들이 무척 부러웠다.

'나도 저 여자들처럼 엄마가 될 수 있을까. 아니, 제대로 시집이나 갈 수 있을까.'

일본군에게 몸을 짓밟힌 내 처지가 너무나 한스러웠다.

다음 날 아침 일찍, 일본군이 트럭을 타고 나타났다. 군인 트럭을 보니 불길한 생각이 들었다. 예상대로 일본 군인이 여자들을 스무

명, 서른 명씩, 또 그보다 적게는 열 명 남짓씩, 따로따로 줄을 세웠다. 나는 복순 언니와 떨어지지 않으려고 바짝 붙어 있었다. 일본군은 여자들을 나누어 마닐라에 몇 명, 싱가포르에 몇 명, 랑군에 몇 명씩, 그리고 이름도 들어 본 적이 없는 섬 등에 데려간다고 했다.

나와 복순 언니가 탄 트럭에는 모두 열두 명이 타고 있었다. 트럭은 마닐라 시내를 벗어나 꼬박 이틀을 달렸다. 심한 멀미로 몸도 가눌 수 없었다. 난생처음 열대 지역의 나라에 와서 그런지 하늘의 해조차 낯설고 고향집은 더욱 아득히 멀어진 느낌이었다. 벽지 항구 같은 곳에 도착해 벽도 없는 창고 같은 곳에서 하룻밤을 쉰 뒤 화물선 같은 배를 탔다. 기력이 모두 빠져나가서인지 배를 타고 있는 나를 또 다른 내가 바라보는 기분이 들었다. 이윽고 마닐라가 있는 섬에서 남쪽으로 뱃길로 하루 반이나 떨어진 어느 섬에 도착했다. 거기서 또 다시 트럭에 짐짝처럼 실려 바닷가 도로를 끼고 얼마쯤 가니 원두막처럼 생긴 집들이 보였다. 사타구니만 가린 남자들이 구경거리라도 만난 듯 호기심이 가득한 눈길로 우리를 바라보았다.

트럭은 다시 정글이 우거진 좁은 도로로 들어섰다. 나무들이 빽빽이 우거져 하늘이 보이지 않았다.

어두컴컴한 길을 한참 달렸다. 정글을 벗어나자 원두막 같은 집들이 나타났다. 규모가 큰 원두막 앞에서 트럭이 멈춰 섰다. 중년 여자와 남자가 원두막에서 나와 트럭이 있는 곳으로 다가왔다.

일본 여자와 남자였다. 역시 또 위안소였다. 그들은 우리의 오바

전쟁 같은 날들

상, 오지상이었다. 오바상이 일본 군인에게서 명단을 받아들고 우리에게 방을 정해주었다. 지붕도 야자수 잎이었고 벽도 야자수 잎을 엮어 만든 곳이었다. 역시나 방 안에는 침대 하나와 물통이 있었고, 벽에 옷을 걸 수 있게 대나무 못 몇 개가 박혀 있었다.

"언니, 여기도 그런 곳이야."

복순 언니가 한숨을 내쉬었다. 옷 보따리를 한쪽에 놓고 나니 맥이 탁 풀렸다.

'언제나 이 지긋지긋한 생활에서 벗어날 수 있을까.'

고향으로 돌아가는 길이 더 까마득하게 멀어졌다고 생각하니 가슴이 답답해 숨이 막힐 것 같았다.

저녁나절, 정글에서 군인 트럭이 나타났다. 작달막한 필리핀 남자가 커다란 나무통을 들고 트럭에서 내렸다. 나무통 안에 밥이 들어 있었다. 우리는 모두 밖으로 나와 원두막 마루에 앉아 밥을 먹었다. 쌀밥인데 불면 날아갈 것처럼 끈기가 하나도 없었다. 그래도 쌀밥을 보니 반가웠다. 푸슬푸슬한 쌀밥을 손으로 꾹꾹 뭉쳐서 입안에 넣었다. 가뜩이나 입안이 깔깔한데도 또다시 낯선 땅에서 살기 위해 이런 밥이라도 먹어야 한다는 생각에 목이 메었다.

이심전심일까, 복순 언니와 눈이 마주쳤다. 순간 왈칵 눈물이 나왔다. 암울한 마음처럼 갑자기 하늘이 컴컴해지더니 우르릉 쾅쾅 뇌성이 울리면서 금세 장대비가 쏟아졌다. 빗물은 어느새 도랑을 이루며 흘렀다. 줄기차게 내리는 빗줄기였지만 시원하기는커녕 착잡하기

만 했다. 억수 같이 쏟아지던 빗줄기가 멎더니 바로 또 햇살이 쨍쨍
했다. 변화무쌍한 날씨였다.

'몇 년 동안 한결같이 비참한 내 삶엔 언제나 쨍쨍한 햇살이 비쳐
들까. 이곳에 있는 일본군은 어떤 사람들일까.'

첫날밤부터 무더위와 싸웠다.

이튿날 아침부터 식사는 위안소에서 했다. 식사가 끝나자마자 오
지상과 오바상이 우리를 불러냈다. 밖에는 트럭이 대기하고 있었다.

우리가 탄 트럭은 정글 사이로 난 좁은 길로 계속 달렸다. 트럭이
멈춘 곳은 병원이었다. 정글 속에 감춰진 병원은 규모가 아주 컸다.
병원 정문 쪽으로 큰 트럭들이 다니는 넓은 길이 보였다. 근처에 일본
군 부대가 많은 것 같았다.

병원은 2층으로 되어 있었는데, 아래층에는 맨바닥에도 일본군
부상자들이 많이 누워 있었다. 머리를 싸맨 군인, 다리에 붕대를 감
은 군인, 한쪽 팔이나 한쪽 다리가 잘린 부상병들도 보였다. 어떤 부
상병은 우리에게 손 좀 잡아달라고 애원했다. 간호원은 한 사람도 보
이지 않았다.

'차라리 우리에게 부상병들을 돌보라고 하면 얼마나 좋을까.'

문득 복순 언니를 겁탈하려던 부상병이 떠올라 나도 모르게 몸서
리를 쳤다. 일본군은 다 싫었다. 그래도 위안부만 아니라면 뭐든 할
수 있을 것 같았다.

오바상은 우리를 2층으로 데려갔다. 성병을 검사하는 곳이었다. 나

전쟁 같은 날들

무로 만든 침대에 올라가서 다리를 벌리고 누우면, 오리주둥이 같은 기구를 아래에 들이밀고 균이 있는지 없는지 검사했다. 검사에서 바이도쿠(매독) 균이 발견되면 로꾸로꾸(606) 주사를 맞아야 했다. 그 주사를 맞으면 입과 코에서 지독한 냄새가 나서 밥도 못 먹고 괴로워했다. 위안부라는 존재는 병에 걸려도 걱정이고 병이 없어도 걱정하는 존재였다. 끔찍한 일본군을 생각하면 병에 걸려서라도 위안부에서 벗어나고 싶었지만, 또 몸을 생각하면 병에 걸려서도 안 되었다.

다음날부터 군인들이 들이닥쳤다. 균이 있거나 염증이 심한 여자들은 며칠 동안 군인을 받지 않아도 되었다. 몰려오는 군인들은 거의 다 육군이었는데, 어디서 그토록 많은 군인이 몰려오는지 개미떼가 따로 없었다.

첫날 밥을 가지고 왔던 필리핀 청년이 며칠에 한 번씩 식재료와 삿쿠(콘돔)를 가져다주었다. 위안부들이 쓰는 모든 물품은 야전병원에서 가져온다고 했다.

오지상이 삿쿠를 나눠 주었는데, 군인들이 너무 많이 몰려오자 빨아서 다시 쓰라고 했다. 삿쿠를 물에 씻을 때마다 구역질이 나왔다. 삿쿠는 성병에 걸리지 않게 하는 동시에 임신을 막아 주는 꼭 필요한 물품이었다. 하지만 삿쿠를 쓰지 않겠다고 떼를 쓰는 군인도 많았다. 그래도 쓰지 않으면 안 된다고 하면 막무가내로 우리를 때리기도 했다. 맞아도 하소연할 곳도 없었다.

가끔 임신하게 된 여자들도 있었다. 그러나 아이를 낳는 사람은 보지 못했다. 임신 중에도 너무 많은 일본 군인에게 시달려 심한 출혈로 죽는 여자도 있었다.

복순 언니와 나는 빨래를 하거나 삿쿠를 씻을 때 잠깐씩 만났다. 길드는 것은 참으로 무서운 것이었다. 처음 삿쿠를 씻던 날은 너무 끔찍하고 기가 막혀 울고, 비위가 상해 토하기까지 했는데, 반복하는 사이 감정도 비위도 무뎌졌다. 삿쿠를 일본군이라 생각하고 마구 두들기며 비틀어 쥐어짜고 짓이기고 나면 후련할 때도 있었다. 언젠가는 일본군에게 복수할 날이 꼭 올 거라는 막연한 믿음이라도 품고 있어야 하루하루를 견딜 수 있었다. 일주일에 한 번씩 병원에 갈 때도 소풍이라고 상상했다.

이곳은 봄여름가을겨울, 계절의 변화 없이 언제나 무더운 지역이었다. 그래서인지 고향의 봄바람이 더 그립고, 학돌재 고갯마루에 우뚝 서 있는 아름드리 느티나무가 더 보고 싶었다. 코스모스 한들거리는 가을 들녘이 눈앞에 아른거렸고, 하얗게 눈이 쌓인 도비산 정수리가 사무치게 보고 싶었다. 그러다 엄마와 동생 생각에 이르면 그리움이 눈물로 쏟아졌다. 그리워할 때마다 눈물바다를 이루지만, 그리움은 끔찍한 날들을 참고 견디게 하는 힘이 되었다.

위안소와 병원을 오가며 심부름하는 필리핀 청년의 이름은 리암이었다. 눈이 크고 얼굴은 까무잡잡했는데, 웃을 때면 호수처럼 깊고 까만 눈동자가 그윽한 그리움의 강물 같았다. 리암을 볼 때마다 춘식이가 생각났다. 리암과 눈이 마주치면 나도 모르게 미소가 지어졌다.

전쟁 같은 날들

내가 리암을 좋게 여겼기 때문인지, 리암도 나를 특별하게 대해 주었다. 어떤 날은 아무도 모르게 망고를 건네 줄 때도 있었고, 어떤 날은 조선 사람은 매운 고추를 좋아한다며, 고추를 구해 주기도 했다.

일본말을 잘했던 리암은 나를 만날 때마다 조금만 참으면 전쟁이 끝난다며, 자기도 일본을 싫어한다고 말했다. 리암은 내 답답한 숨통을 틔워 주는 한 줄기 시원한 바람 같았다. 리암을 통해서 우리가 있는 곳이 레이테 섬이며, 미군이 이 섬에 상륙했다는 것도 알게 되었다. 레이테 섬과 필리핀의 수도인 마닐라는 그리 멀지 않았다. 복순 언니와 나는 곧 전쟁이 끝난다는 리암의 말에 전쟁이 끝나면 우리가 어떻게 해야 할지 물어 보았다. 리암은 자기는 미국을 좋아한다며 미국이 우리를 도와줄 거라고 말했다. 그러나 오바상과 오지상의 말은 달랐다. 미군은 일본군보다 더 나쁘다며 절대로 미국이 이겨서는 안 된다고 했다. 우리는 어느 편이든 다 믿을 수가 없었다. 우리의 소원은 오로지 고향으로 돌아가는 것이었다.

어느 날, 내 방에 앳된 군인이 들어왔다. 일본 군인은 방에 들어오기가 무섭게 바지를 내리는데 그 군인은 달랐다. 뭔가 할 말이 있는 것도 같고, 수줍음 타는 학생처럼 머뭇거렸다.

"저, 난 학도병으로 끌려왔는데, 조선에서 왔죠?"

"맞아요."

대답을 하며 청년을 바라보니 춘식이가 떠올랐다.

"우리 집은 경상도 선산인데, 댁은 어쩌다가 이런 데까지……."

학도병이 나를 애처로운 눈으로 바라보며 말끝을 흐렸다. 나는 일본에게 속아서 네이멍구에 끌려갔다가 이곳까지 오게 된 사연을 털어놓았다.

"이 전쟁은 곧 끝날 거예요. 일본이 지고 있어요."

학도병이 리암과 똑같은 말을 했다.

"정말요? 그럼 우리도 고향에 갈 수 있나요?"

"그럴 거예요. 곧 미군의 대반격이 있을 거라는 소문이 돌아요."

"미군이 이기면 우린 어떻게 될까요?"

"일본군이 끌고 왔으니 당연히 일본군이 돌려보내 줘야겠지요. 조금만 견뎌요. 일본군 보급로가 거의 끊겼어요. 오래 버티지 못할 거예요."

학도병은 옷도 벗지 않고 앉아서 나와 이야기만 나누었다. 밖에서 기다리던 일본 군인이 빨리 나오라고 소리쳤다. 학도병은 몸조심하라고 당부하며 방을 나갔다.

가끔 그 학도병이 궁금했다. 전쟁이 곧 끝난다고 했는데, 우리 생활은 변함이 없었다. 몇 달 후에 그 학도병이 다시 찾아왔다.

"그동안 어디 있었어요? 얼마나 걱정했다고요."

"특공대에 뽑혀 비행장을 건설하는 섬에 갔는데, 보급이 끊겨 굶어 죽을 뻔했어요."

"이렇게 살아 돌아와 다행이에요."

학도병은 몸서리를 치며 말을 이었다.

"조선에서 끌려온 노무자들은 다 죽었어요. 우린 일본군 몰래 노무자들을 묻어주고 왔어요. 아, 정말 불쌍해요. 그 섬에도 위안부가 있었는데……."

"위안부들은 어떻게 됐어요?"

학도병이 넋이 나간 듯 말했다.

"위안부들을 다 죽였어요. 시체를 쌓아놓고 석유를 뿌리고 모두 태워 버렸어요. 일본군은 미쳤어요. 모든 전선에서 미군에게 밀리면서 마지막 발악을 하는 중이에요."

학도병이 주머니에서 돈을 꺼냈다.

"이 돈, 나중에 고향에 돌아갈 때 써요."

"이걸 왜 나한테 줘요?"

학도병이 고개를 저었다.

"난 살아서 돌아갈 수 없어요. 일본이 우리 학도병을 총알받이로 내몰고 있어요. 오늘 큰 선물이라도 주는 것처럼 마지막으로 우리를 이곳에 보낸 거예요. 하지만 난, 더는 죄를 짓고 싶지 않아요. 그래서 나한테 있는 돈을 다 가지고 왔어요. 사양하지 말고 받아요."

나는 학도병의 말에 눈물이 핑 돌았다. 그의 말에서 진심이 느껴졌다. 죽음을 앞두고 선한 모습으로 나를 대한다고 생각하니 가슴이 먹먹했다.

"아니에요. 아저씨도 꼭 살아서……."

학도병이 고개를 저었다.

"우리는 살아 돌아갈 수 없어요. 이 두 눈으로 똑똑히 봤어요. 조선 사람들을 총알받이로 내모는 것을요. 그러니……."

학도병이 말끝을 흐리며 흐느꼈다. 나도 함께 울었다. 학도병이 돌아간 후 나는 멍한 상태로 다른 일본 군인을 상대했다.

그날 저녁, 리암이 몰래 내게 다가와 급하게 말했다.

"여기서 도망쳐야 해요. 곧 미군이 이 섬을 대대적으로 공격한대요."

나는 리암의 말에 귀가 번쩍 뜨였다.

늦은 밤, 군인들이 다 돌아갔을 때 복순 언니에게 살짝 리암의 말을 전했다.

"정말? 도망칠 수 있게 해준대?"

"함께 도망치자고만 했어. 어떻게 할 건지는 아직 몰라."

복순 언니가 한참 생각하더니 천천히 고개를 저었다.

"춘자야, 우리가 여기서 도망치면 어디로 가겠니? 우리가 배를 타고 온 길만 해도 수만 리일 텐데, 도망치면 어떻게 고향에 돌아가겠어? 곧 전쟁이 끝날 테니까 그때까지 기다리자."

"그래도 끔찍한 일만 당하지 않는다면 아무 데서나 살면 어때?"

"아냐. 전쟁은 반드시 끝날 거야. 그때까지 죽은 듯이 참고 견디자. 일본이 우릴 데려왔으니까 다시 데려다줄 거야. 그래야 고향으로 돌아갈 수 있어."

복순 언니가 내 손을 잡고 위험한 일은 하지 말라고 했다. 그러면서 윗도리를 벗고 내게 맨살을 보여주었다. 나는 깜짝 놀랐다. 복순 언니의 가슴 한가운데 인두로 지진 끔찍한 흉터가 나 있었다.

"언니, 왜 그래? 이게 뭐야?"

"처음에 도망치다 잡혔는데 벌겋게 단 인두로 여길 지졌어. 난 그때 죽는 줄 알았어."

복순 언니의 말에 눈물이 마구 쏟아졌다.

"그때도 도망치다 잡히면 이렇게 잔인하게 대했는데, 지금은 눈 한 번 깜짝 않고 죽일 거야. 일본 놈들은 피도 눈물도 없잖아. 더더구나 지금은 더 발악한다잖아."

"언니 말이 맞아. 비행장을 건설하던 섬에도 우리 같은 조선 여자들이 있었는데, 퇴각하면서 모두 죽였대. 정말 일본 놈들은 무슨 짓을 할지 몰라."

"그러니까 섣불리 도망치다가 잡히면 안 돼."

나는 리암의 말에 들떴던 마음을 복순 언니의 상처를 보고 곧바로 접었다.

바로 다음 날이었다. 복순 언니의 방에서 비명이 들렸다. 갑자기 우당탕거리는 소리가 들리고 일본 군인의 욕설도 들렸다.

내 방에 온 일본 군인이 나가자마자 복순 언니의 방으로 뛰어갔다. 문을 열려는 순간, 얼굴이 시뻘게진 일본 군인이 문을 부술 것처럼 열고 뛰어나오며 소리쳤다.

"빠가야로(바보같이)! 데대 코이(나가)!"

겁이 나서 얼른 뒷걸음질 쳤다. 오바상이 게다를 끌며 급히 뛰어왔다. 복순 언니의 방에서 피비린내가 진동했다. 언니가 바닥에 쓰러져 있고, 언니 허벅지에서 새빨간 피가 솟구치듯 흐르고 있었다. 오바상이 헝겊으로 복순 언니의 허벅지를 묶었다.

"언니, 무슨 일이야?"

복순 언니의 얼굴이 점점 백지장처럼 하얘졌다.

"주머니칼로 내 허벅지를……."

오바상이 복순 언니를 나무라듯 중얼거렸다.

"죽고 싶어 환장했어? 고분고분해야지. 내가 항상 말했잖아. 일본 군인 비위를 거슬리지 말라고. 그래야 산다고."

복순 언니가 얼굴을 찡그리며 간신히 말했다.

"엎드리라고 하는데 너무 아파서 안 된다고 했더니 바로 주머니칼을 들고 달려들어 죽여 버리겠다고……."

직접 보지는 않았지만 어찌 된 일인지 알 만했다. 일본 군인들이 가지고 다니는 소지품 중에 주머니칼 세트가 있었다. 손톱깎이와 작은 칼이 여러 개 달려 있었는데, 나도 몇 번인가 그 칼로 위협을 받았다.

복순 언니는 피를 너무 많이 흘려 한동안 빈혈로 고생했다. 전쟁터에서는 수혈도 할 수 없었고, 더더구나 위안부에게 헌혈해줄 사람도 없었다. 오바상은 언니가 군인을 받지 못하게 된 것을 원망하며, 상처나 빨리 아물게 하라며 투덜댔다.

복순 언니는 그 후로 무척 허약해졌다. 나는 리암에게 빈혈에 좋은 음식을 가져다 달라고 부탁했다.

전쟁 같은 날들

"고기를 먹어야 하는데, 구하기가 쉽지 않아요. 밥이라도 잘 먹어야 하는데."

리암은 안타까워하며 삶은 계란을 몰래 가져다주었다. 언니는 때때로 정신을 놓고 헛소리도 했다.

"언니, 무조건 잘 먹어야 한대. 이거 리암이 가져온 계란이야."

복순 언니는 간신히 눈을 뜨고 삶은 계란을 먹었다. 오바상은 언니의 건강 따윈 전혀 신경 쓰지 않았다. 오로지 일본군을 언제 받을 수 있을지에만 관심이 있는 것 같았다. 위안부의 목숨은 언제나 파리 목숨이었다. 나는 오바상 몰래 리암이 챙겨주는 음식들을 복순 언니에게 가져다주었다.

"춘자야, 고마워."

"쉿! 조용히 해. 오바상이 알면 난리날 거야."

나는 몰래 복순 언니 방을 들락거리며 언니를 돌봤다. 그 덕분일까. 언니의 창백한 얼굴에 조금씩 핏기가 돌았다. 상처도 조금씩 아물었다.

"춘자야. 상처가 낫는 게 두려워. 또 지긋지긋한 일을 해야 하잖아. 이대로 낫지 않았으면 좋겠다."

"언니, 그런 말이 어딨어. 오바상이 가만둘 것 같아? 언니 맘은 알지만, 어서 나아야지. 그러다 상처가 낫지 않고 곪으면 어쩌려고?"

일본군은 위안부들이 병에 걸리면 밥을 굶기거나 그대로 죽게 내버려두었다. 복순 언니도 내가 돌보지 않으면 더 심해질 테고 결국 죽을지도 몰랐다. 언니는 일주일 만에 자리에서 일어났다. 식사하러 나온 복순 언니를 보자마자 오바상이 눈을 흘기며 푸념했다.

"질긴 목숨이구나. 지금이 얼마나 중요한 시기인데, 조센삐 노릇을 제대로 해야지!"

오바상의 말에 내 속에서는 분노가 이글거렸지만 복순 언니를 위해서 차분하게 말했다.

"오바상, 걱정하지 마세요. 제가 얼른 회복할 수 있게 도울게요."

"그래. 후미꼬가 빨리 군인을 받아야 하루꼬 네 몫이 줄어들지."

나는 솔직히 복순 언니를 위해서라면 언니 몫의 일본 군인도 더 받을 수 있었다. 그날부터 오바상의 눈치를 보지 않고 언니를 지극정성으로 보살폈다.

"방에 아무도 못 들어가게 하면서 죽기를 기다릴 땐 언제고, 이젠 살아날 것 같으니까 호들갑 떠는 오바상 좀 봐. 정말 우리 목숨은 벌레만도 못해. 그러니까 악착같이 살아야 해. 언니, 어서 힘내. 알겠지?"

복순 언니가 고맙다며 내 손을 꼭 쥐었다.

오바상은 며칠 후부터 복순 언니 방에 다시 일본 군인을 들여보냈다.

전쟁 같은 날들

1941년 일본은 '국민근로보국령'을 발효하고 조선인을 강제로 끌고 가 근로보국대를 조직했다. 주로 도로·철도·비행장·신사 등을 건설하는 데 동원되었으며 몇몇은 일제의 군사시설에 파견되었다.

계층별로 다양한 조직을 두었는데 직장보국대, 국민학교 고등과와 전문학교·중등학교 고학년의 학도보국대, 형무소 재소자들로 구성된 남방파견보국대, 농민들로 구성된 농민보국대 등이 있었다. 농민보국대는 징용에서 제외된 자들로 구성되었으며 정해진 기간도 없이 열악한 노동조건 속에서 노동력을 착취당했다. 1938~1944년까지 약 762만 명이 강제 연행되었다.

특히 1944년 8월에는 여자정신대근로령을 공포하여 수십만에 이르는 12~40세의 조선 여성을 동원하여 일본과 국내의 군수공장에서 일하게 하거나, 가족에게는 행방도 알리지 않은 채 남방이나 중국전선에 군 위안부로 연행하였다.

– 「두산백과」

축복 받지 못한
생명

1944년, 야전병원

점점 더 많은 일본 군인이 위안소에 들이닥쳤다. 어떤 날은 마흔 명도 넘었다. 나는 사람이 아니라 일본군의 짐승 같은 성욕을 풀어주는 도구였다. 지긋지긋한 일이 끝날 때마다 소독약을 풀어 닦아야 하는데, 몸이 말을 듣지 않았다.

실신했다 깨어나면 뭇 짐승들이 내 몸을 덮친 후였다. 나는 삿쿠를 끼지 않는 군인이 가장 겁이 났다. 대부분은 내가 요구하지 않아도 스스로 삿쿠를 꼈는데, 어린 군인들은 삿쿠 끼기를 싫어해서 실랑이를 벌여야 했다.

앳된 일본 군인일수록 천방지축으로 날뛰는 짐승들 같았다.

"삿쿠!"

막무가내로 달려들 때마다 나는 삿쿠를 내밀었다.

어느 날 어린애 같은 군인이 애원하듯 말했다.

"난 내일 전쟁터에 나가면 죽어. 내 인생은 오늘이 마지막이라고! 난 내 핏줄을 남기고 싶어. 이대로 죽기에는……."

어린 군인이 흐느끼며 달려들었다. 하지만 내가 내 몸을 지키는 일은 삿쿠 밖에 없었다. 나는 필사적으로 군인을 밀어냈다. 그러나 펄펄 뛰는 젊은 혈기를 감당하기에는 너무 무기력했다. 일본 군인은 미친 사람처럼 나를 때리며 덤벼들었다. 결국 나는 정신을 잃었다. 가까스로 정신이 들었을 때, 그 군인은 처연한 미소를 지으며 바지를 올리고 있었다. 나는 간신히 일어나 소독약을 물에 타서 아래를 씻어냈다. 구역질이 나도록 씻고 또 씻었다.

그날은 계속 그런 짐승들만 들이닥쳤다. 자기는 이제 곧 죽을 거라고, 위안소에 오는 것도 마지막 날이라고, 자기들은 총알받이가 될 거라고. 마치 녹음기를 재생하는 것처럼 똑같이 말했다.

그날 밤늦게 복순 언니에게 갔다.

"언니, 오늘 이상한 군인들이 많았어."

복순 언니가 내 말에 고개를 끄덕였다.

"너도 그랬니? 나도 그랬어. 신병들이 많았는데 거의 다 울고불고 난리였어. 아, 너무 지독해. 죽고 싶다 정말. 어떤 군인은 자기 소지품을 다 주고 갔어. 자기는 내일 죽을 거라며 아기 사진도 주고 갔어. 이것 좀 봐."

언니가 다 닳아서 곧 찢어질 것 같은 아기 사진과 봉투를 보여줬다. 봉투에는 돈이 조금 들어 있었다.

"이게 뭐야?"

"자기 아들 첫돌 사진이라며 다시는 못 볼 거라고 울더라. 이건 자기 주소래. 내가 살아 돌아가면 그 주소로 사진과 돈을 보내 달래."

"언니, 정말 전쟁이 끝나려나 봐. 일본이 지면 어떡해야 하지?"

"그 군인이 말했어. 일본군 보급로가 미군 공격으로 다 막혔대. 그래서 일본군은 총알받이들만 남겨두고 도망치기 바쁘대. 죽기 전에 마지막으로 위안소에 온 거래. 어찌 보면 그 어린 군인도 불쌍해. 전쟁을 일으킨 일본이 나쁜 거지."

복순 언니는 아기 사진과 주소가 적힌 봉투를 짐 속에 넣어두었다.

'전쟁을 왜 하는 걸까. 싸움은 언제나 끝이 있기 마련이고, 승자가 있으면 패자가 있기 마련이다. 패자는 복수를 꿈꾸고, 언젠가는 또다시 반복되는 게 전쟁이 아닌가. 남의 나라 전쟁에 강제로 끌려와 날마다 끔찍한 일을 당하는 우리는 도대체 어떤 운명일까.'

일본군 부대에서는 총알받이로 내보낼 어린 군인들에게 마지막 선물이라도 주듯이 위안소로 보내는 것 같았다. 야비하고 더러운 발상이었다.

전쟁의 참상 속에서 죽음을 앞두고 허우적거리는 사람들을 대하며, 나와 어린 군인들은 무슨 기구한 운명을 타고 나서 이역만리에서 이 고생인지, 그들에게 연민이 생겼다. 위안소에 오는 군인마다 전쟁이 곧 끝난다는데, 대체 어디서 헤아릴 수 없이 많은 일본군이 몰려오는지. 그들은 하나같이 키와 체격이 작고 깡마른데다 나이도 어렸다.

축복 받지 못한 생명

어느 날 군인이라고 부르기에도 어울리지 않을 만큼 삐쩍 마른 소년이 들어왔다.

들어오자마자 엄마 품에 달려들 듯 내 무릎에 엎어져 어깨를 들썩이며 울었다. 그 모습이 너무 안쓰러웠다. 점점 더 섧게 우는 그를 보니 나도 눈물이 나왔다.

"미안해요. 당신을 보니 어머니 생각도 나고, 누나 생각도 나요. 내일 나는 비행기를 타고 전쟁터로 가요. 난 살아서 돌아올 수가 없어요. 난 가미카제 독고다이에요. 난 죽기 싫어요."

점점 더 섧게 우는 그에게 물었다.

"가미카제 독고다이가 뭐예요?"

그는 눈물이 그렁그렁한 눈으로 나를 올려다보았다. 소년병의 눈빛은 어미와 갓 떨어진 순하디순한 강아지 같았다.

"비행자살특공대예요. 난 억지로 맹서했어요. 안 할 수가 없었어요. 천황 폐하를 위해 명예롭게 죽어야 한대요. 그래야 내 가족이 떳떳하게 살 수 있대요. 나처럼 억지로 선서한 소년병들이 많아요."

그에게 몸도 약해 보이는데 왜 군인이 되었느냐고 물었다.

"가미카제 독고다이는 나처럼 몸무게가 가벼워야 해요. 우리 부대에서는 나에게 성전을 위한 최적의 조건을 갖췄다고, 천황을 위한 영광스러운 몸이라고 했어요. 난 비행기를 타고 싶었을 뿐인데, 가미카제 독고다이가 되라고, 성전의 영웅이 되라고 부추겼죠. 하지만 나는 내 비행기와 함께 산산이 부서질 거예요. 난 정말 죽기 싫어요."

소년의 말에 가슴이 먹먹했다.

"비행기를 타고 싸우나요?"

"내일 미군 전함을 향해 출격해요. 내 비행기에는 돌아올 기름을 넣어주지 않아요. 나는 비행기와 함께 미군 군함에 떨어질 거예요. 나도 군함도 내 비행기도 모두 화염에 휩싸이겠죠. 흐흑, 너무 무서워요."

나는 소년병의 말을 듣는 것만으로도 치가 떨렸다. 소년병은 죽음을 앞두고 가장 선한 모습으로 내게 위안을 받고 싶어 했다. 나는 소년병을 포근하게 안아주었다.

소년병이 내 품에 안겨서 작은 소리로 중얼거렸다.

> 파란 하늘에 비행기
> 내 맘이 떠난다
> 시동이 걸렸으니 핸들 돌린다
> 어머니 앞에 제가 먼저 ……
> 유골이 닿거든 날 본 듯 안아 ……

순진한 어린 소년들까지 사지로 내모는 일본이란 나라를 점점 더 이해할 수가 없었다.

'누구를 위해 전쟁을 하는 걸까.'

자기 나라 사람들을 죽이면서까지 전쟁을 치르고, 이웃 나라 처녀

축복 받지 못한 생명

들을 끌어다 노예처럼 혹사하는 미치광이 일본. 소년병도 불행한 시대의 피해자였다. 나는 진심으로 소년병을 위로했다. 소년병은 내 품에서 한참 동안 울다가 고맙다는 인사를 남기고 방을 나갔다.

"꼭 살아서 부모님 품으로 돌아가세요."

나는 소년병의 등에 대고 진심으로 무사하길 빌어주었다.

그 후부터 가슴이 답답하고 잠도 잘 오지 않았다. 그 소년병을 생각할 때마다 체한 것처럼 속이 더부룩하고 가끔은 헛구역질도 나왔다.

어느 날 식사시간인데 밥 냄새를 맡자마자 헛구역질이 나왔다.

"춘자야, 체했어? 뭐 먹고 그런 거야?"

복순 언니가 걱정스럽게 물었다.

"몰라, 나도 모르겠어. 그 소년병을 생각하면 춘식이도 전쟁터에 붙잡혀 왔을까 봐 걱정돼. 왜 자꾸만 그 소년병이 떠오를까?"

"따지고 보면 우리가 더 불쌍하지. 그 소년병은 자기네 나라를 위해서 죽는 건데 우리가 왜 동정해야 하니? 너 단단히 체했나 보다. 오바상한테 가서 약 타다 줄게."

복순 언니가 가져온 약을 먹었는데도 메스꺼움이 가라앉지 않았다. 헛구역질은 갈수록 심해졌다. 언니가 밤늦게 몰래 내 방에 들어왔다.

"너 혹시 애 생긴 것 아니니?"

나는 언니 말에 깜짝 놀랐다. 생각해보니 달거리를 할 때가 지난 것 같았다.

"그러고 보니 좀 이상하네."

"잘 생각해봐. 날짜가 지났니? 안 지났니?"

나는 손가락을 꼽아 보았다.

"아닐 거야. 몸이 안 좋아서 늦어지는지도 몰라. 전에도 한두 달씩 건너뛸 때가 잦았어. 만약에 애가 생겼으면 어떻게 해. 안 돼. 아닐 거야."

나는 고개를 흔들었다. 갑자기 네이밍구에 끌려가서 4년 만에 첫 달거리를 하던 날이 떠올랐다. 그때는 몹쓸 병에 걸린 줄만 알았다.

복순 언니가 걱정스럽게 물었다.

"삿쿠 하라고 안 했어?"

"요즘 오는 일본 군인들은 다 이상했어. 거의 미친 것처럼 삿쿠를 안 끼고 덤벼들었어. 내가 아무리 반항해도 내 힘으로는 도저히 막을 수가 없었어. 언니, 애가 생겼으면 어떡하지?"

"좀 더 기다려 봐. 아닐지도 모르잖아. 하여튼 항상 조심해야 해."

"언니, 따져보니까 달거리를 한 지가 한참 지나긴 했어. 하지만 전에도 그런 적이 있었으니까 애는 아닐 거야."

"전에도 헛구역질한 적 있어?"

나는 고개를 저었다. 갑자기 두려움이 몰려왔다.

"난징에 있을 때 나랑 함께 있던 여자가 꼭 너 같았어. 자꾸 헛구역질하고 음식 냄새도 맡기 싫어하고. 아유, 진짜 애가 생겼으면 어떡하니?"

축복 받지 못한 생명

"언니, 만약 애가 생겼으면 어떻게 해야 해? 일본 놈 피는 받기 싫어. 하지만 처음 생긴 생명인데, 어쩜 좋아!"

나는 생각할수록 불안해서 미칠 것 같았다.

"오바상한테 말해야 할까?"

"지금은 안 돼. 아기를 가진 줄 알면 그냥 놔두지 않을 거야. 내가 알던 여자도 배가 불러오기 시작할 무렵, 어딘가로 끌려가서 다시는 돌아오지 않았어."

"어디로 데려간 거야? 아기를 낳게 한 건 아닐까?"

복순 언니가 안타까운 눈으로 고개를 저었다.

일본군은 여자들 목숨을 개미보다도 가볍게 여겼다. 전쟁터에서 아기를 가졌다고 보호해줄 리도 없었고, 아기가 무사히 태어나게 지켜볼 인간들도 아니었다.

그 후부터는 식사시간에도 남들 눈에 뜨이지 않으려고 맨 나중에 복순 언니랑 둘이서만 밥을 먹었다. 혼자 있을 때는 주먹으로 배를 힘껏 때려보기도 하고, 침대 위에 올라가 뛰어내리기도 하고, 숨을 한참 동안 쉬지 않고 참아보기도 했다. 그럴수록 몸만 축나서 더 힘이 들었다. 날마다 달거리를 손꼽아 기다려도 아무 소식도 없었다. 소변을 볼 때마다 혹시나 했다가 아무 변화가 없어 얼마나 초조한지 몰랐다.

오랜만에 병원에 가는 날이 되었다. 이곳에 처음 왔을 때에는 일주일에 한 번씩 꼬박꼬박 야전병원에 가서 검사와 진료를 받았다. 그런데 군인들이 벌 떼처럼 몰려든 후부터 보름에 한 번 정도 가더니, 이번에는 거의 두 달 동안 가지 않았다. 나는 몸살 핑계를 대고 가지 않으려고 누워 있었다. 오바상이 빨리 나오라고 재촉했다.

복순 언니가 나를 데리러 왔다.

"언니, 겁이 나서 못 가겠어. 정말로 애가 생겼으면 어떡해?"

"안 가면 더 의심받을지도 몰라. 어떡하니? 나도 삿쿠를 끼지 않은 군인들이 몇 명 있었는데, 어제부터 달거리를 시작했어. 휴우, 얼마나 조마조마했는데, 다행이야."

"언니, 난 안 갈래. 아파서 못 일어난다고 언니가 좀 말해줘. 무서워 죽겠어."

모두 병원에 간 동안 나는 별별 생각을 다 했다. 원치 않는 애, 그것도 원수 같은 일본 군인의 피를 받고 싶은 생각은 추호도 없었다. 계속 속은 울렁거렸고 먹은 게 없는 데도 구토가 나왔다.

병원에 다녀온 오바상이 내 방문을 열었다. 나는 몸살이 너무 심했는데 조금 좋아졌다고 둘러댔다. 오바상은 다음 검진 때는 절대 빠지면 안 된다고 강조했다. 나는 식사시간이 되면 혼자 방에 들어와 간신히 밥을 먹었다. 몸은 점점 대나무 꼬챙이처럼 말라갔다. 복순 언니는 아기를 가진 게 틀림없다고 했다.

또 한 달이 지났을 때였다. 오바상이 눈치를 챈 것 같았다. 그날은 나부터 불러내 트럭에 태웠다. 운명의 시간이 다가오고 있었다.

'애가 생긴 게 확실하면 날 어떻게 할까. 설마 죽이지는 않겠지. 애

축복 받지 못한 생명

를 당장 떼어버릴까.'

너무 무서웠다. 트럭이 정글 속을 달리는 동안 뛰어내리고 싶은 충동도 일었다. 그러나 정글도 위험했고, 뛰어내린다면 내 몸이 땅에 닿기도 전에 총알이 먼저 날아올 게 뻔했다.

병원에 도착해서 차례를 기다리는 동안 가슴에서 계속 방망이질 소리가 들렸다. 드디어 내 차례가 왔다. 손발이 오그라드는 것처럼 긴장되었다. 군의관이 한참 동안 검사했다. 다른 사람보다 두 배는 걸리는 것 같았다.

검사가 끝난 후 오바상이 나를 불렀다.

"삿쿠를 왜 안 썼어? 애가 생긴 지 한참 됐다는데!"

나는 가슴이 철렁 내려앉았다. 그동안 들었던 끔찍한 얘기들이 연달아 떠올랐다. 일본군들이 나를 쥐도 새도 모르게 어딘가로 데려가 죽일지도 모른다는 불안이 몰려왔다. 절대로 나를 보호하거나, 애를 낳게 하지는 않을 거라는 건 확실했다.

오바상이 내게 눈을 흘기며 쏘아붙였다.

"삿쿠를 괜히 주는 줄 알아? 멍청한 조센삐 같으니라고."

"군인들이 미치광이처럼 덤벼들었단 말이에요. 이제 어떻게 해야 해요?"

"뭘 어떡해? 이 약을 오늘부터 공복에 먹어. 애가 더 크기 전에 떼어 버려! 지금은 마지막 성전을 치르고 있는 중요한 때야. 조센삐, 너희는 황군의 사기를 위해 최선을 다해야 할 때란 말이야!"

오바상의 말에 치가 떨렸다.

'성전. 성스러운 전쟁이라니. 누구를 위한 성전인가. 남의 나라 여자들을 끌어다가 성 노예로 부리면서, 그것도 모자라 자기 나라 군인들도 자살특공대로 내모는 전쟁이 무슨 성전이란 말인가. 왜 조선 처녀들이 미치광이들의 전쟁에 동원된 일본군을 위로해야 한단 말인가.'

누구의 핏줄인지도 모르는 새 생명이 내 안에 있다 생각하니 기가 막혔다. 무참하게 짓밟힌 내 몸에서 생명이 잉태되었다는 것은 기뻐할 일이었다. 그러나 일본 군인의 핏줄이 내 안에 터를 잡다니 생각할수록 치가 떨렸다. 나는 고개를 저었다. 터를 잘못 잡은 생명의 씨를 내 안에서 자라게 할 수는 없었다. 기구한 운명은 나 하나로 충분했다. 내 몸 안에 처음으로 들어선 생명을 기뻐할 수만은 없다는 사실이 뼛속까지 아팠다. 원수 같은 일본군의 핏줄을 안고 어머니와 동생에게 돌아갈 수는 없었다.

나는 오바상이 준 약을 들고 내 안에 있는 핏줄에게 말했다.

'미안하다. 정말 미안해.'

목이 메고 눈물이 흘렀다. 독한 마음을 먹고 약을 입안에 털어 넣었다. 이튿날도 또 사흗날도 계속 미안하다고 용서를 구하며 약을 삼켰다. 하지만 며칠이 지나도 아무 변화가 없었다. 헛구역질은 점점 더 심해졌고, 밥을 제대로 먹지 못하니, 몸은 점점 더 야위었다. 하루하루 날짜가 가는 게 무서웠다. 시간이 빨리 가기를 빌었는데, 이제는 배 속의 아기가 자랄까 봐, 배가 불러올까 봐, 이대로 시간이 멈췄으

축복 받지 못한 생명

면 싶었다.

깜빡 잠이 들면 무서운 꿈들이 계속 이어졌다. 내 배 속에서 괴물이 밖으로 나와 내 목을 조를 때도 있었다. 꿈에서도 형체는 보이지 않았다.

'미안하다. 제발.'

약을 먹기 시작한 지 열흘 후, 내 몸에 아무 변화가 없자 오바상이 더 독한 약이라며 하루에 두 번씩 먹으라고 주었다. 약을 먹었지만 가슴만 두근거렸다. 속내를 털어놓을 사람은 복순 언니뿐이었다.

"언니, 이제 독한 약까지 먹었으니 아기를 낳는다고 해도 정상이 아닐 거야. 어쩌면 좋아? 언니, 무슨 방법이 없을까?"

복순 언니는 말없이 한숨만 푹 내쉬며 고개를 저었다.

"다른 원두막에도 너처럼 임신한 여자가 있대. 아까 식사할 때 들었는데, 오지상이 그 여자한테 막 화를 냈대."

"뭐라고?"

"멍청이 같은 조센삐들이라고 소리쳤대. 너랑 그 여자, 둘을 말하는 거겠지. 내일 병원에 데려간대. 너도 데려갈 것 같아."

언니의 말을 듣고 나니 더 겁이 났다.

'병원에 데려가서 어쩌자는 걸까. 분명히 애를 떼어내겠지. 아, 왜 나한테 이런 형벌이 내리는 걸까.'

나는 그날 밤 한숨도 잘 수가 없었다. 밤새 뱃속에서 나처럼 괴로워할지도 모르는 생명에게 너무 미안했다.

이튿날, 날이 밝자마자 오지상이 나를 불렀다. 밖에 나와 보니 나보다 어려 보이는 여자가 오지상과 함께 서 있었다. 미리 연락을 받았는지 금세 트럭이 달려왔다. 트럭에 타는 나를 복순 언니가 걱정스러운 얼굴로 배웅했다.

병원에 도착하자마자 오지상이 우리를 어떤 방으로 데려갔다. 항상 진료받던 방이 아니었다. 커다란 전등과 낯선 기구들도 보였다. 군의관이 들어왔다. 오지상이 군의관에게 손가락 두 개를 펴 보였다. 두 사람이라는 뜻 같았다.

오지상이 문을 닫고 나가자 겁이 덜컥 났다. 군의관이 내게 침대에 누우라고 했다. 내가 머뭇거리자 거칠게 말했다.

"빨리 올라와 누우라니까!"

"나를 어떻게 할 건데요?"

군의관이 빽 소리쳤다.

"시끄러워! 빨리 누워. 시간이 없어."

애를 없앨 거라는 걸 알면서도 확인하고 싶었다. 우악스러운 손길이 내 몸을 끌어다 침대에 눕히려고 했다. 난 겁이 나서 고개를 저었다.

군의관이 억지로 나를 눕히고 내 팔에 주사를 꽂았다. 정신이 가물가물하다가 점점 의식이 흐려졌다. 죽을지도 모른다는 생각이 희미하게 들었다. 그러다 아무것도 느낄 수 없었다.

'얼마나 시간이 흘렀을까.'

몸이 덜덜 떨리고 아파서 눈을 떴다. 칼로 도려내는 것처럼 배가

축복 받지 못한 생명

아팠다. 내 두 손은 침대 난간에 묶여 있었다. 너무 아파서 엄마 소리가 절로 나왔다. 소리를 지르려니 배가 터져나가는 것 같았다. 배에 복대가 감겨 있었다. 배를 가르고 아기를 꺼낸 게 틀림없었다.

'그렇게밖에 할 수 없었을까.'

끔찍하고 서러워서 울음이 나왔다. 그러나 배가 당겨서 울기는커녕 숨도 크게 쉴 수가 없었다.

"내 배를 어떻게 한 거예요? 아기는요?"

"아기는 무슨 아기? 네 뱃속에 핏덩이 따위는 이제 없어!"

군의관이 무뚝뚝하게 말했다. 기구한 운명의 아기는 이제 내 안에 없었다. 일본 군인의 핏줄이라도 막상 내 몸에 생긴 첫 번째 생명을 없애버렸다는 사실에 몹시 마음이 아팠다.

'이 모든 불행이 누구 때문인가?'

축복받지 못한 아기는 어미의 모진 운명 때문에, 바깥세상 구경도 못하고 영원히 사라졌다. 나는 슬퍼할 수도 기뻐할 수도 없었다. 숨을 쉴 때도 아프고, 기침해도 아프고, 조금만 움직여도 배가 터져나가는 것 같았다.

수술받은 후 닷새 만에 위안소로 돌아왔다. 나와 함께 병원에 갔던 여자도 나처럼 아기를 없애는 수술을 받았다고 했다.

실밥을 뽑기 전까지는 군인을 받지 않아도 되었다.

'이 지겨운 생활이 끝나면 다시 아기를 가질 수 있을까. 내 안에 있었던 아기는 사내아이였을까, 계집아이였을까.'

원치 않는 아기였지만 생명을 억지로 없앴다는 사실 때문에 괴로 웠다. 밤마다 이상한 악몽에 시달렸다. 어떤 날은 엄마가 나를 불러 서 내가 가까이 다가가면 손을 내저을 때도 있었다. 어떤 날은 얼굴 이 보이지 않는 아이가 길바닥에서 나를 향해 기어오기도 했다. 소스 라쳐 깨어나면 온몸이 땀으로 범벅이었다. 밤이 되면 또 끔찍한 꿈을 꾸게 될까 봐 겁이 났다.

보름 후, 야전병원에 가서 실밥을 뽑았다. 붕대를 푼 내 배를 처음 으로 볼 수 있었다. 배꼽 밑으로 꿰맨 자국이 흉측하게 나 있었다. 아래를 짓밟힌 것도 서러운데, 끔찍한 수술 자국을 보니 울음이 터 져 나왔다. 흉터는 지네가 지나간 자국처럼 끔찍했다. 시간이 간다고 없어질 흉터가 아니었다. 엄마가 간절하게 그리웠다.

실밥을 뽑은 다음 날부터 또다시 군인들이 들이닥쳤다. 나는 삿쿠 를 끼지 않는 군인에겐 절대로 몸을 허락하지 않았다. 한번 경험한 아픔을 또 겪고 싶지 않았다.

수술을 받은 후, 서너 달이 지났다. 그런데 이상하게도 달거리를 하지 않았다. 한두 달 지났을 때는 수술로 몸이 허약해져서 그런 줄 알았다. 애가 생겼으면 헛구역질이라도 할 텐데, 음식 냄새도 아무렇 지 않았고 밥도 잘 먹었다. 오줌을 눌 때마다 아기를 가졌을까 봐 마 음을 놓을 수가 없었다.

그 후 거의 반년이 지나도록 달거리를 하지 않았다. 혼자서 고민하 다가 복순 언니에게만 살짝 물어보았다. 언니는 내 물음에 어리둥절

축복 받지 못한 생명

했다.

"그럼 혹시 너도."

복순 언니가 말을 하려다 강하게 고개를 저었다.

"안 되는데, 정말 그래서는 안 되는데 아, 정말 그랬으면 어떡하니?"

"언니, 왜 그래? 뭐가?"

복순 언니가 놀라지 말라며 내 손을 잡고 천천히 말했다.

"혹시 아기집까지 없애버렸을까 봐 그래. 아직 한 번도 달거리를 하지 않았으면……. 아, 그래서는 안 되는데. 오바상한테 물어봐. 오바상은 알고 있을 거야."

나는 언니가 한 말이 무슨 뜻인지 이해할 수가 없었다.

"언니, 그게 무슨 말이야. 아기집을 없애버렸다고? 그래서 달거리를 안 하는 거야?"

복순 언니가 힘없이 고개를 끄덕였다. 나는 온몸에 힘이 쭉 빠져 그 자리에 털썩 주저앉았다. 믿고 싶지 않았다. 그럴 리가 없었다.

'인간의 탈을 쓰고 어떻게 그런 짓까지 할 수 있겠어.'

아닐 것이다. 나는 고개를 저었다.

'큰 수술을 했으니 몸이 허약해서 그럴 거야.'

나는 절대 그럴 리가 없다고 고개를 저었다.

'아기집이란 자궁이다. 자궁이 없다면 이제 다시는 아기를 가질 수가 없지 않은가.'

복순 언니의 말이 사실이라면 죽어버리고 싶었다. 아기만 떼어낸 게 아니라, 자궁까지 없애버렸다면 그건 천벌을 받을 짓이었다.

나는 너무 기가 막혀 복순 언니에게 따지듯 물었다.

"언니, 아냐, 세상에 어떻게 그런 짓을 할 수가 있어?"

"나도 아니길 바라. 하지만 그런 얘길 들은 적이 있어. 천황의 군대를 위로하는데 아기가 생기면 방해가 된다고 아기집까지 없애버렸다고. 나쁜 놈들. 세상에 짐승만도 못한 짓이야. 너한테는 아니었으면 좋겠다. 제발."

하지만 언니는 아무래도 마음이 놓이지 않는다며 한숨을 쉬었다. 나는 절대로 그렇지 않을 거라고 생각하면서도 한편으로는 무척이나 두려웠다,

나는 날마다 달거리 하기를 기다렸다. 하지만 날이 갈수록 언니 말이 사실인 것 같았다. 용기를 내어 오바상한테 물었다. 오바상은 아무렇지도 않게 말했다. 애가 들어설 걱정이 없으니 오히려 잘되지 않았냐고 했다.

순간, 세상이 모두 뒤집힌 것처럼 거꾸로 보였다.

'몸이 더럽혀진 것도 모자라 엄마도 될 수 없는 몸.'

더 살아야 할 이유가 없었다. 생각하면 할수록 자꾸만 눈물이 나왔다. 나는 그날 밤, 군인들이 다 돌아간 다음에 반짇고리에서 가위를 꺼냈다.

'몸을 더럽히다 못해 여자로서 엄마의 자격까지 잃었는데, 어떻게

엄마를 만난단 말인가.'

살아야 할 희망이 모두 사라졌다. 더 살 이유가 없었다. 이제 더는 몸을 더럽히고 싶지 않았다.

'이대로 산다면 지옥이 아니고 무엇이겠어.'

나는 죽기로 결심했다.

독하게 마음먹고 고향에 계신 엄마에게 용서를 빌었다. 침대에 올라가 천장을 보고 누웠다. 가윗날을 팔목에 댔다. 희망이 없는 삶은 죽음 밖에 선택할 게 없었다.

'단번에 핏줄을 끊어야 하는데……'

눈을 꼭 감고 속으로 숨을 크게 들이쉬었다. 하나, 둘, 셋, 심호흡했다. 가윗날을 손목에 대고 힘껏 그었다. 녹이 슬어 무딘 가윗날은 살을 베지 못한 채 애꿎은 살가죽만 벗겨지며 피가 흘렀다. 입술을 깨물고 눈을 꼭 감은 채, 몇 번이나 그었는데도 핏줄은 끝내 끊어지지 않았다. 설움 덩어리가 폭발하듯 울음이 터져 나왔다. 나는 소리 내어 한참 동안 엉엉 울었다. 옆방에 있던 복순 언니가 깜짝 놀라 달려왔다.

"춘자야! 이러면 안 돼! 아이고, 춘자야!"

복순 언니가 나를 부둥켜안고 가위를 빼앗아 바닥에 패대기쳤다.

"죽는다고 해결될 일은 아무것도 없어. 악착같이 살아야 한다고 네가 말했잖아. 이러면 안 돼. 우린 끝까지 살아야 해. 춘자야! 흑흑."

언니와 한참을 울고 나서 정신을 차렸다. 나는 다시 이를 악물었다.

'반드시 살아 돌아갈 거야. 가서 두고두고 원수를 갚고 말 거야. 죽어버리면 내가 받은 이 끔찍한 고통은 아무 의미가 없어. 난 꼭 살아서 일본군이 우리에게 얼마나 엄청난 짓들을 저질렀는지 만천하에 고발하고 말 거야.'

축복 받지 못한 생명

유선옥 씨의 배에는 배꼽 위쪽에서 아래쪽까지 크고 오래된 상처가 있었다. 군의관이 자궁째 태아를 들어낸 수술의 흔적이란다.

유씨는 1923년 함경북도 경흥군에서 태어났다. 기장밥을 끼니로 할 정도의 빈농이었는데, 어느 날 갑자기 나타난 미야모토가 공장의 일자리 이야기를 해주었고, 그는 따라나섰다.

다른 여성 2명과 함께 끌려간 곳은 중국 동북 지방의 목단강. 따라온 걸 후회했을 때는 이미 늦었다. 다케코라는 이름이 붙여진 그는 처음에 하루 5~6명 정도, 많을 때는 15명의 군인을 상대해야 했다. 기절했다 겨우 정신을 차리면 다시 군인들이 덮쳐왔다. 불행히도 임신하게 되자 낙태 겸 재임신 방지를 위해 태아가 있는 자궁을 들어냈다. 상처가 낫자 마자 다시 군인들을 상대해야 했다.

- 〈한겨레신문〉 1998년 10월 22일 자, 이토 다카시*의 글 중에서 유선옥 씨의 증언

*이토 다카시, 포토저널리스트

가미카제

가미는 신, 카제는 바람이라는 뜻으로 신이 일으키는 바람이라는 뜻이다.

제2차 세계대전이 끝날 무렵 일본군이 점령하고 있던 필리핀에 연합군이 상륙하자 일본군은 연합군의 진군을 막는 수단으로 가미카제 특공대를 편성하여 공격하기 시작했다. 조종사들은 천황을 위해 죽는 것을 명예로운 일이라고 생각하여 연합군 함대에 동체와 함께 부딪치는 무모한 공격을 가했다. 1945년에는 오키나와를 방어하기 위해 1천 명이 넘는 특공대원이 가미카제 공격을 했다.

가미카제의 공격으로 30척 이상의 연합군 군함과 350척이 넘는 전함이 피해를 입었으나 주요 목표물인 항공모함은 침몰시키지 못했다. 가미카제는 연합군에 입힌 피해보다는 연합군에 대한 저항의 상징으로 일본이 자국민을 전쟁에 무모하게 동원하는 데 더욱 중요한 역할을 했다. 그 뒤 가미카제라는 말은 위험을 무릅쓰고 무모하게 하는 행동을 비유하는 말로 쓰였다.

- 『두산백과』

나와 함께
도망쳐요

1945년, 정글

갑자기 비행기가 나타났다. 비행기에서 불이 번쩍번쩍했다. 그때마다 여기저기서 불기둥이 치솟았다. 세상이 뒤집히는 듯한 폭음이 가까이에서 들려왔다. 위안소 여자들이 모두 방에서 뛰어나와 우왕좌왕했다.

"드디어 전쟁이 끝나려나 봐."

"우리 이제 어떻게 하지?"

다들 소지품을 챙길 때였다. 오지상과 오바상은 일본군의 명령이 있기 전까진 꼼짝 말고 들어가 있으라고 소리쳤다.

요 며칠 동안 가까운 곳에서 포격 소리가 자주 들렸다. 그날은 리암이 음식재료를 가져오지 못해서 밥도 해먹지 못했다. 리암은 다음날 거의 점심때가 다 되어서야 위안소에 나타났다. 오지상이 리암에게 왜 이렇게 늦었냐며 툴툴거리자 리암이 화를 내며 대들었다.

"야전병원도 지금 뒤죽박죽이에요. 미군의 마지막 공격이 시작됐다고요. 물자 보급도 다 끊겼어요. 이나마도 내가 생각해서 가져온 거예요."

우리를 생각해서 위험을 무릅쓰고 찾아와 준 리암이 고마웠다. 그날 저녁때였다. 리암이 몰래 과일을 주면서 재빨리 말했다.

"하루꼬, 여기서 도망쳐야 살아요. 내일 나랑 도망쳐요. 미리 준비하고 있다가 나와 함께 도망쳐요. 여기 있다간 다 죽어요."

나는 리암의 말에 가슴이 조마조마했다.

"곧 미군이 이 섬 전체를 공격할 거예요. 나랑 도망쳤다가 미군이 들어오면 고향에 보내달라고 하면 돼요. 야전병원에서도 높은 사람은 다 도망쳤어요. 절벽에서 뛰어내린 일본 군인도 있고, 칼로 자기 배를 가르고 자살한 일본 군인도 있어요. 내 말 들어요. 그래야 살아요."

나는 리암의 말에 어찌해야 할지 몰랐다. 리암은 자기 말을 듣지 않으면 살아남기 어려울 거라고 했다. 나는 무서워서 얼른 고개를 돌렸다. 가슴이 두근두근 뛰었다. 리암이 돌아간 후에 복순 언니에게만 살짝 리암의 말을 전했다. 언니가 고개를 저었다.

"안 돼. 오바상이 항상 말했잖아. 미군은 일본군보다 더 지독하다고 했어. 여긴 조선에서 수만 리 떨어진 곳이야. 필리핀 본토에서도 멀리 떨어진 섬이라잖아. 말도 안 통하는데 도망쳐봤자 어디로 가겠니? 일본이 져도 자기네들이 우리를 강제로 끌어 왔으니까 고향으로 돌려보내 줄 거야."

복순 언니의 말이 맞을지도 몰랐다. 오바상과 오지상은 미군에게 잡히면 끔찍한 고통을 당하다 죽는다고 항상 강조했다.

다음날도 리암은 자기 말을 들어야 한다며 미군은 절대 나쁜 사람이 아니라고 했다. 그래도 어쩔 수 없었다. 일본이 데려왔으니 그들이 우리를 고향으로 돌려보내 줄 것 같았다.

리암이 도망치자고 한 후 사흘이 지났을 때였다. 갑자기 비행기 소리가 하늘을 갈랐다. 열 대도 더 되어 보이는 비행기들이 위안소 쪽으로 날아왔다. 비행기에서 불이 번쩍거리자 야전병원 쪽에서 불기둥이 치솟았다. 오지상과 오바상이 허둥거리며 짐을 챙겼다. 우리는 어찌해야 할지 몰라 발만 동동 굴렀다.

"어서 방공호로 피해!"

오지상이 소리쳤다. 원두막에 있던 여자들이 허겁지겁 밖으로 나와 방공호로 뛰었다. 나도 복순 언니 손을 잡고 방공호 쪽으로 급히 뛰었다. 폭탄이 터질 때마다 흙덩이들이 하늘로 솟구쳤다. 방공호는 양철지붕으로 덮여 있었는데, 모두 그 안으로 들어갔다. 계속해서 폭격 소리가 들렸다. 나는 심장이 오그라드는 것 같았다. 방공호 속에서 복순 언니와 부둥켜안고 있을 때였다. 밖에서 리암 목소리가 들렸다.

"모두 빨리 나와요. 거기가 더 위험해요. 양철지붕이라서 비행기에서 더 잘 보인다고요! 빨리 나와요! 폭탄이 떨어져요!"

리암이 목이 터지라 소리쳤다. 나는 복순 언니 손을 잡고 밖으로

나와 함께 도망쳐요

뛰쳐나왔다. 리암이 나를 향해 마구 손을 흔들었다. 우리는 리암에게로 무작정 달려갔다. 그 순간 땅이 갈라지는 듯한 굉음이 들렸다. 나는 너무 놀라 그대로 땅바닥에 나뒹굴었다. 내 몸 위로 흙덩이들이 떨어졌다. 나는 죽은 줄 알았다. 누군가 내 팔을 잡아끌었다. 리암이었다. 리암도 온통 흙먼지를 뒤집어써서 사람인지 괴물인지 모를 정도였다.

"어서 이리 와요! 이쪽으로!"

리암이 잡아끄는 대로 방공호에서 멀리 떨어졌다. 또 폭탄이 떨어졌다. 나무가 뽑히고 흙먼지가 하늘을 덮었다. 복순 언니가 보이지 않았다.

"복순 언니! 언니를 찾아야 해. 언니, 어딨어?"

나는 미친 듯이 방공호 쪽으로 달려가며 언니를 찾았다. 그때였다. 양철지붕에서 불길이 치솟았다. 매캐한 화약 냄새와 흙덩어리가 사방으로 흩어졌다. 주저앉았다가 간신히 정신을 차리고 일어설 때였다. 시커먼 흙덩이가 내 쪽으로 굴러 오는 것 같았다. 복순 언니였다. 나는 언니를 와락 얼싸안았다. 살았다는 기쁨도 잠시, 오지상과 오바상이 흙더미 속에서 허우적거리며 우리를 불렀다.

"어서 이쪽으로! 어서 야전병원으로 가야 해!"

위안부 중에서 살아 남은 사람은 나와 복순 언니, 우미꼬와 준꼬와 미야꼬 다섯뿐이었다. 다른 여자들이 방공호 안에서 모두 죽었다고 생각하니 온몸이 부들부들 떨렸다. 오바상이 빨리 짐을 챙겨오라고 소리쳤다. 우리는 원두막으로 돌아가 옷 보따리를 움켜쥐고 밖으로 나왔다. 언제 또 비행기가 날아와 폭격할지 몰랐다. 리암이 우리 일행을 부축해주었다.

병원에 도착해보니 그곳에서도 화약 냄새가 진동했다. 구멍이 뻥 뚫린 벽 옆에선 부상병들이 울부짖고 있었다. 병원장과 장교들은 이미 도망가고 없었다. 부상병이 군의관과 함께 바쁘게 짐을 꾸리고 있었다. 오지상이 군인 트럭을 찾았다. 군의관이 재빨리 말했다.

"트럭을 타고 모두 도망쳤어요. 한 대도 없어요."

"폭격이 심하니 트럭이 더 위험할지도 몰라. 빨리 정글로 들어가자!"

어깨에 별을 단 일본 군인이 군의관에게 명령했다. 군의관이 물었다.

"부상병들은 어떻게 해요?"

"움직일 수 있는 사람만 데려가도록!"

군인의 말에 부상병들이 아우성치며 손을 내밀었다. 다리를 잘린 사람, 얼굴에 붕대를 감아 앞을 볼 수 없는 사람 등이 서로 자기들도 데려가 달라고 울부짖었다. 우리를 따라온 리암이 그 광경을 보고 부상병들에게 다가가 진정하라고 달랬다.

바로 그때였다. 별을 단 군인이 부상병들을 향해 총을 겨누었다. 그리고 마구잡이로 부상병들을 쏘기 시작했다. 리암이 안 된다고 손을 휘젓는 순간, 리암의 가슴에도 총알이 박혔다. 총을 맞고 쓰러진 리암이 두 팔을 허우적거렸다. 나는 쏜살같이 리암에게 달려갔다.

나와 함께 도망쳐요

리암의 입에서 피가 흘러나오고 있었다.

"리암! 리암! 정신 차려요. 오, 리암!"

리암이 내 손을 잡고 입을 실룩거렸다. 무언가 말을 하고 싶은 것 같았다. 나는 리암의 귀에 얼굴을 댔다.

"리암, 안 돼. 정신 차려요."

"바다, 바다로 가요. 바다에 가면 미군, 미군에게 고, 고향에, 데."

리암은 말을 끝내지도 못하고 그대로 고개를 떨어뜨렸다. 나는 리암을 흔들며 소리쳤다.

"리암! 안 돼요. 아, 어떡해!"

그때였다. 총을 쏜 일본 군인이 나에게 총대를 들이대며 소리쳤다.

"하야꾸(빨리)!"

복순 언니가 급히 달려와 내 팔을 끌어당겼다. 리암을 그대로 두고 갈 수는 없었다. 너무 끔찍해서 눈물도 나오지 않았다. 하지만 나는 언니 손에 이끌려 허겁지겁 일본군 뒤를 따라갈 수밖에 없었다. 눈앞에서 리암의 얼굴이 떠나지 않았다.

'리암, 미안해. 정말 미안해. 나쁜 놈들. 실컷 부려 먹고 그렇게 죽여 버리다니.'

나에게 항상 친절했던 리암의 시신을 거두지도 못하고 가는 게 너무 가슴 아팠다. 일본군이 언제 우리에게도 총을 겨눌지 알 수 없었다. 오지상과 오바상은 빨리 따라오라고 재촉했다.

정글은 겨우 사람 하나 빠져나갈 정도로 좁고 험했다. 무시무시한

독거미와 거머리 같은 독충이 우글거리는 곳을 비틀거리며 걸어갔다.

얼마나 걸었는지 발이 자꾸만 꼬였다. 조금만 더 걸으면 쓰러져서 다시는 일어나지 못할 것 같았다. 복순 언니가 간신히 나를 부축하며 걸었다. 다른 세 사람도 숨을 헐떡거렸다. 무덥고 습해서 숨이 턱턱 막혔다. 땀이 비 오듯 쏟아졌다. 다리도 휘청거렸다. 어디선가 리암이 웃으며 나타날 것만 같았다.

온종일 걸었는데도 정글이 계속되었다. 정글 속에선 하늘이 보이지 않아 낮인지 밤인지 분간하기도 어려웠다. 끼니때가 되어도 걸음을 멈추지 않았다. 물도 먹을 것도 부족한지 오바상은 비상식량을 입에 기별도 안 갈 만큼 조금 주었다.

사흘째 되는 날이었다. 하늘이 조금씩 보이기 시작했다. 산들도 보였다. 드디어 정글을 벗어난 것 같았다. 일본군은 산을 넘어야 바다가 나온다고 했다. 바다로 가서 미군 배를 타라고 마지막 숨을 몰아쉬며 중얼거리던 리암의 말이 떠올랐다. 오바상은 일본으로 철수하는 일본 군함을 타야 한다며 우리를 재촉했다. 우리도 군함을 타면 고향으로 갈 수 있을 것 같아 힘을 냈다.

정글을 벗어나자 이제는 이글이글 타오르는 햇볕이 강하게 내리쬈다. 해가 머리 위에 있을 때였다. 앞에서 걷던 복순 언니가 픽 쓰러졌다. 나는 깜짝 놀라 언니를 일으켰다. 언니의 몸이 축 늘어졌다. 눈동자도 이상했다.

"언니, 왜 그래? 정신 차려!"

나와 함께 도망쳐요

나는 앞서 가는 오바상을 불렀다.

"오바상! 복순 언니가 이상해요."

오바상이 얼굴을 찡그리며 돌아보았다.

"뭐야! 왜 그래?"

"언니가 쓰러졌어요."

오바상과 오지상이 눈을 맞추더니 작은 소리로 중얼거렸다.

"어쩔 수 없어. 빨리 가자고!"

오지상이 돌아보지도 않고 오바상을 재촉했다.

"안 돼요! 잠깐만요!"

나는 복순 언니를 둘러업었다. 다른 세 사람이 복순 언니를 뒤에서 부축했다. 어느새 일본군은 저만치 멀어졌다. 오지상이 일본군에게 뛰어가 뭐라고 말하는 것 같았다.

복순 언니를 업고 막 발을 뗄 때였다. 일본군이 돌아보면서 '빠가 야로!' 소리를 지르며 우리를 향해 총을 겨눴다. 순간 피를 흘리며 쓰러지던 리암이 퍼뜩 떠올랐다.

"모두 도망쳐. 정글 속으로!"

우리 넷은 복순 언니를 업은 채 번개처럼 정글 속으로 뛰어들었다. 어디서 그런 힘이 솟았을까. 뒤에서 총소리가 계속 들렸다. 우리한테 총을 쏘는 게 분명했다. 숨이 턱까지 차도록 달리다 보니 앞에도 뒤에도 길이 보이지 않았다. 우리는 정글 속에 납작 엎드렸다. 총성이 몇 발 더 울리더니 이내 조용해졌다.

복순 언니를 등에서 내려 살필 때였다. 커다란 지네가 옆을 기어갔다. 그제야 우리가 있는 곳이 독충이 우글거리는 정글이라는 걸 떠올렸다. 순간 우리는 너무 무서워 정글 밖으로 기어 나왔다. 정신을 차리고 보니 다들 발이 엉망이었다. 가시에 찔려 피가 흐르고 있었다. 우리는 그제야 통증을 느꼈다.

복순 언니가 실눈을 뜨고 사방을 두리번거렸다.

"언니, 정신이 들어!"

우리는 복순 언니를 에워쌌다.

"여기가 어디니? 일본군은?"

아무것도 기억 못 하는 복순 언니가 부러울 지경이었다.

"언니, 총소리 못 들었어? 일본 놈들이 우릴 죽이려고 했다니까."

미야꼬가 조심스럽게 말했다.

"그 군인이 식량이 부족하다고 투덜거리는 걸 들었어. 부상병들 쏴 죽일 때 말이야. 도망치길 잘했어. 정글이니까 그나마 살아난 거야. 안 그러면 끝까지 따라와서 우릴 다 죽였을 거야."

복순 언니는 미야꼬의 말을 듣고 한숨을 쉬었다.

"나 때문에 다들 죽을 뻔했구나. 이제 어떡하지?"

"이제 우리끼리 바다를 찾아가야 해. 리암이 바다로 가라고 했어. 미군에게."

나는 복순 언니가 깨어나서 너무 기뻤다.

우리는 일본군에게서 벗어났다는 사실이 홀가분했다. 혹시라도 일

나와 함께 도망쳐요

본군한테 들킬까 봐 망을 보면서 한 발 한 발 바다를 찾아 걸었다. 언젠가 내 방에 왔던 군인이 한 말이 생각났다. 일본군은 도망치면서 조선인 징용자들과 위안부들까지 몰살시켰다고 했다. 죽을 뻔했지만 이렇게라도 일본군에게서 벗어난 게 너무나 다행스러웠다.

복순 언니는 정신은 들었지만, 여전히 어지러워서 부축해야 걸을 수 있었다. 나는 언니를 보살피며 쉴 곳을 찾았다. 일사병이었다. 일본 군인의 칼에 찔려 많은 피를 흘렸고, 그 후 회복되었어도 제대로 먹지 못해 체력이 약한 데다 갑자기 강한 햇볕을 쬐었기 때문이었다.

"우선 먹을 것부터 찾아야 해. 언니는 서늘한 그늘에서 쉬면서 기운을 차려. 곧 회복될 거야."

나와 복순 언니를 남겨두고 우미꼬가 앞장서서 준꼬와 미야꼬를 데리고 먹을 것을 찾아 나섰다.

"너무 멀리 가지는 마요."

나는 깨끗한 물을 떠다 언니 입에 계속 축여 주었다.

"지긋지긋한 일본군들도 다 가버렸어. 이제 바다로 가서 미군을 만나면 고향에 갈 수 있을 거야. 힘내, 언니."

혼자 남아 복순 언니를 돌보다 보니 아주 작은 소리에도 머리칼이 곤두섰다.

'바다에 가면 미군을 만날 수 있을까. 이렇게 산속을 헤매다 일본군을 다시 만나게 되면 어떻게 해야 할까.'

작은 바람 소리에도 식은땀이 날 정도로 긴장되었다. 이럴 줄 알았으면 리암이 도망치자고 했을 때 언니와 함께 도망칠 걸 그랬다는 생각도 들었다. 그랬다면 리암도 죽지 않았을 것이다.

'리암이 살아 있다면 얼마나 좋을까.'

리암을 묻어주지도 못한 것이 못내 가슴 아팠다.

얼마 후 먹거리를 구하러 갔던 세 사람이 바나나와 빵나무 열매를 따왔다. 얼마나 반가운지 몰랐다. 허겁지겁 요기하니 그제야 살 것 같았다. 다들 복순 언니가 기운을 차릴 때까지 며칠 더 쉬자고 했다.

우리는 번갈아가며 먹을 것을 구해오기로 했다.

닷새쯤 지나 복순 언니가 서서히 기운을 차렸다.

"이제 우리 진짜 이름으로 불러요. 난 하루꼬가 아니고 허춘자예요."

내 말에 복순 언니도 자기 이름을 말했다.

"그래. 나도 후미꼬가 아니라 김복순."

"난 우미꼬가 아니고 미순. 최미순."

"난 준꼬가 아니고 끝녀. 박끝녀."

"나도 미야꼬가 아니고 삼례예요. 오삼례."

우리 진짜 이름을 부르니 기운이 솟는 것 같았다.

우리는 바다를 찾아 다시 길을 나섰다. 야트막한 고개 하나를 넘자 또 산이 나타났다. 어디로 가야 하는지 방향도 몰랐지만 무조건 산을 넘어야 바다가 나올 거라며 걷고 또 걸었다. 길가에서 연한 줄기가 보이면 꺾어서 개미에게 즙을 떨어뜨려 보고, 개미가 빨아먹으면 우리도 줄기를 씹어 먹었다.

나와 함께 도망쳐요

산 중턱쯤 올라갔을 때였다. 커다란 나무에 긴 칼이 꽂혀 있었다. 일본군이 쓰는 칼이었다.

'일본군이 여기를 지나갔을까. 아니면 여기 어딘가에 일본군이 숨어 있을까.'

우리는 숨어서 칼을 가지러 오는 사람이 있는지 살폈다. 거의 종일 기다려도 인기척이 없었다. 가까이 가서 칼을 보니 자루에 이끼가 끼고 칼날도 녹이 슬어 있었다. 그제야 안심이 되었다. 우리는 보물을 얻은 듯 그 칼로 나무도 자르고, 가시덤불도 헤치며 길을 내어 걸었다.

간신히 또 한 고개를 넘었을 때였다. 어디선가 말소리가 들리는 것 같았다. 우리는 바짝 긴장한 채 숨소리마저 죽이며 귀를 곤두세웠다.

가난한 집안 출신의 10대 초반에서 40대까지의 광범위한 나이의 여성들은 열악한 군 위안소에 감금당하여 인간으로서 견딜 수 없는 성 노예 생활을 강요당했다. 하루 평균 10명 내외에서 30명 이상의 군인을 상대로 성행위를 강요당했던 여성들은 일본이 패망하자 철저하게 버려져, 폭격과 집단살해로 인해 대부분이 사망했다. 기적적으로 도망치거나 연합군 포로가 되어 살아남은 이들 중에도 귀국하지 못하고 스스로 목숨을 끊은 경우도 적지 않았다.

– 한국정신대문제대책협의회 홈페이지에서

배를
기다리며

1945년, 바닷가

　분명히 사람 소리였다.

　'어떤 사람들일까.'

　일본군은 물론이고 원주민도 무서웠다. 사람이란 존재 자체가 무서웠다. 우리는 숨어서 소리의 정체를 살폈다. 큰 바위 뒤 약간 후미진 곳에 있는 두 사람이 어렴풋이 보였다. 옷 모양과 색깔로 보아 일본 군인인 것 같았다. 한 사람은 어디가 아픈지 누워 있었고, 다른 사람은 움직일 때마다 다리를 절뚝거렸다. 우리는 숨어서 숨을 죽인 채 군인들의 행동을 살폈다.

　'혹시 이 칼을 버린 사람들일까. 우리처럼 도망치다가 길을 잃은 일본 군인들일까. 단지 둘뿐일까.'

　저들이 총만 가지고 있지 않다면 몸이 불편한 저들을 따돌리고 도망칠 수 있을 것 같았다. 하지만 군인이라면 반드시 총이 있을 것이다. 우리는 마른침을 삼키며 그들의 움직임을 살폈다. 누워 있는 사람은 한참이 지나도록 일어나지 않는 것으로 보아 부상당한 군인 같았다.

절뚝거리는 사람이 엎드려서 뭔가 하는 것 같더니 총대를 들고 우리 쪽으로 몸을 돌렸다. 우리는 모두 간이 콩알만큼 졸아들었다.

'우리를 봤을까.'

그때였다. 누워 있는 사람이 뭐라고 하는 것 같았다. 우리는 두 귀를 모았다.

"뭐요?"

"너무 멀리 가지 말라고!"

분명히 조선말이었다. 우리는 반가운 나머지 벌떡 일어섰다. 그 바람에 우리를 보게 된 남자가 우리에게 총을 겨눴다.

"거기 섯!"

그 소리가 얼마나 반가운지 몰랐다. 우리는 합창하듯 소리쳤다.

"아저씨, 잠깐만요. 우린 조선 사람이에요!"

"아! 아휴, 어떻게 된 거요? 난 귀신들인 줄 알았소."

총을 든 남자는 가까이에서 보니 내 또래로 보였다. 조선 사람을 만나니 안심이 되었다. 그 사람들 말대로 우리 몰골은 엉망이었다. 정글을 헤매는 동안 옷은 찢어져 너덜너덜했고, 머리도 제대로 빗질하지 못해 엉망이었다. 그러니 한눈에 충분히 귀신이라 할 만했다.

"아저씨들도 마찬가지예요."

내 말에 누워 있는 남자가 껄껄껄 웃었다. 텁수룩한 수염 사이로
누런 이가 보여 섬뜩했다. 너덜너덜한 군복은 우리가 입고 있는 옷보
다 더 형편없었다. 둘 다 몸을 다쳐서 식량을 제대로 구하지 못해 잘
먹지도 못한 것 같았다.

"아저씨들은 언제부터 여기 있었던 거예요?"

"아마 한 달도 넘었을 거요. 우리도 폭격을 피해 도망치던 중이었
소. 이 형님이 그 와중에 낭떠러지로 떨어져 허리를 다쳤는데, 그날
밤 일본군 장교가 우릴 없애 버리자고 말하는 걸 들었소. 식량도 부
족한 데다 상처까지 입어서 데리고 갈 수 없다고. 그 말을 듣고 한밤
중에 이 형님을 업고 몰래 도망쳤답니다. 안 그랬으면 일본놈들이 분
명히 우릴 죽였을 테니까. 우리와 함께 있던 위안부들은 동굴에 가둔
뒤 수류탄을 터뜨려 모두 죽였소."

"네? 수류탄으로요?"

"그랬소. 죽일 놈들이죠. 살려두면 자기들이 지은 죄가 드러날까
봐 일부러 죽였을 거요. 절대로 일본군에게 다시 잡히면 안 됩니다.
우린 그놈들이 하는 짓을 이 두 눈으로 똑똑히 다 봤소."

아저씨들 말을 들으니 소름이 오싹 돋았다. 복순 언니가 일사병으
로 쓰러지지 않았다면, 일본군은 식량이 없다는 핑계로 우리를 모두
없애버렸을지도 몰랐다.

"야전병원에 있던 일본 군인들은 바다로 가야 한다고 했어요. 일본
군함을 타고 돌아가야 한다고 말한 것 같아요. 아저씨들은 어떻게

배를 기다리며

할 거예요? 우리는 미군을 찾아가려고 해요."

내 말에 다리를 저는 아저씨가 말했다.

"우리도 미군을 찾아가던 중이었소. 형님을 업고 가다가 나도 그만 다리를 다치는 바람에 여기 숨어 있는 거요. 이제 많이 나았어요."

"바다가 여기서 멀어요?"

"우리도 모릅니다. 다만 비행기가 저쪽에서 날아와 폭격하고, 다시 저쪽으로 돌아가는 걸로 봐서, 저쪽에 연합군 기지가 있을 거로 추측할 뿐이오."

그날 밤 우리는 바나나와 빵나무 열매를 나눠 먹으며 어떻게 해야 좋을지 밤새 의논했다. 허리를 다친 아저씨가 우리에게 말했다.

"우리가 함께 여기 있는 건 위험해요. 쫓기는 일본군이 남아 있을지 모르오. 여럿이 함께 있다 보면 들키기 쉬울 거요. 그러니 여러분은 어서 떠나는 게 좋겠소. 내 생각엔 저 산만 넘으면 바다가 나타날 것 같습니다. 바다로 가세요. 그래야 미군을 만날 수 있어요."

"아저씨들은 어떡해요? 걷지도 못하는데……."

"우리는 천운에 맡기기로 했소. 바닷가에 가서 미군을 만나거든 산속에 조선인이 있다고, 도와달라고 부탁 좀 해주시오."

"미군이 우리를 해치지 않을까요?"

허리를 다친 아저씨가 고개를 저었다.

"미군을 만나거든 무조건 코리안이라고 말하세요. 저팬이냐고 물으면 저팬이 아니고 반드시 코리안이라고 해야 해요. 그럼 괜찮을 겁니다. 꼭 코리안이라고 해야 해요."

아저씨는 몇 번이나 강조했다.

우리는 그러겠다고 약속하고 빵나무 열매와 바나나를 넉넉히 따다 주고 다시 길을 떠났다. 아무리 걸어도 계속 산길만 나왔다. 햇볕이 쨍쨍 내리쬐는 한낮에는 그늘에서 쉬었다가, 서늘해지면 다시 걸었다. 한참 걸은 것 같은데, 뒤돌아보면 바로 뒤에 우리가 머물던 곳이 보였다. 가다가 쉬다가, 앉아서 쉬다가, 조금만 기운이 생기면 다시 걸었다. 험한 산길이라 신발 끈이 다 닳아서 질긴 나무껍질을 벗겨 여러 겹 꼬아서 나막신에 묶고 걸었다. 그러나 몇 발자국 걸어가면 금세 다시 끊어져 버렸다. 너덜너덜해진 옷 사이로 살이 보였다. 제대로 먹지 못하니 살이 다 빠져서 나무 막대기들이 누더기를 걸치고 휘청휘청 걸어가는 것 같았다. 마음은 바쁜데 발걸음은 천근만근이었다. 물로 배를 채우고, 걷다가 먹을 수 있는 새순이 있으면 무조건 꺾어 먹었다. 어떤 것은 잘못 먹으면 금세 배가 아프고 설사를 좍좍 쏟았다. 그럴 때마다 몸이 회복될 때까지 또 며칠을 쉬어야 했다. 그러다 보니 나뭇잎이나 새순을 보면 먹어도 되는 건지 아닌지, 경험으로 알 수 있게 되었다.

며칠을 걸어도 사람은 그림자도 찾을 수 없었다. 차라리 산에서 만난 아저씨들과 함께 움직일 걸 그랬다는 후회도 밀려왔다. 산속에서 헤매다 보니 날짜가 지나는 것도 알 수 없었다. 오직 해가 뜨면 먹을 것을 찾아 먹고 어두워지면 안전한 잠자리를 만드는 게 최고의 목표였다. 긴 손톱은 연장이 되었고, 긴 머리는 밤이면 몸을 따뜻하게 감싸주었다. 머리에 이가 생겨서 쉴 때면 솔솔 기어 나왔다. 옷은 땀과 먼지와 흙으로 범벅되어 가죽처럼 버석거렸다. 몇 번이나 아저씨들이 있는 곳으로 돌아가려다 생각을 다잡았다. 한 고개만 넘으면 금세 바다가 나올 것 같은데, 산 너머 또 산이었다.

어느 날이었다. 바람결이 여느 때와 달랐다. 바다 냄새가 실려 있었다. 고향 간월도의 갯바람을 맡으며 십수 년 살아서였을까, 바다 냄새는 단박에 알아차릴 수 있었다.

"갯바람이야. 틀림없어. 바다가 가까워진 거야."

내 말에 모두 한 걸음, 두 걸음, 점점 걸음이 빨라졌다. 작은 언덕을 넘어섰다.

아, 드디어 바다가 보였다. 눈앞에 끝없이 푸른 바다가 하늘처럼 펼쳐졌다. 가없이 넓은 바다, 하늘과 맞닿은 바다였다. 그 바다엔 군함도, 배도, 군인도, 아무것도 보이지 않았다. 온통 푸르고 드넓은 바다뿐이었다. 그래도 좋았다. 바다에 도착했다는 것만도 커다란 기쁨이었다.

바다로 향하는 내리막길을 따라 해변까지 뛰어가다가 정신이 퍼뜩 들었다.

"이럴 때일수록 정신 바짝 차려야 해. 바닷가에 일본군이 숨어 있으면 큰일이야. 일단 숨어서 안전한지부터 살펴보자."

내 말에 모두 야자수 뒤로 숨었다. 한참 동안 해변을 지켜보았다.

억겁의 세월 동안 조개껍데기가 하얗게 부서져 쌓인 백사장이 눈부셨다. 어디선가 총을 든 일본군이 불쑥 나타날 것도 같았다. 그러나 출렁이는 물결 소리뿐 사람의 흔적이라곤 아무것도 찾을 수 없었다.

"너무나 고요해. 이제 안심해도 될 것 같아."

우리는 바다로 뛰어들었다. 머리부터 발끝까지 바닷물에 몸을 담갔다. 백사장 뒤로는 커다란 야자수가 펼쳐져 있었다. 야자수 숲 건너편에는 무성한 왕대밭도 보였다. 우리는 야자수가 이어진 그늘에 자리를 잡고 앉았다.

잠시 쉬고 나니 목이 말랐다. 바다로 흘러드는 작은 개울들이 산골짜기를 따라 해변까지 이어져 있어 물은 쉽게 해결되었다. 이제 먹을 것을 찾아야 했다. 왕대밭에 가면 뭔가 먹을 것이 있을 것만 같았다. 대밭 가까이 가니 해골들이 나뒹굴고 있었다. 그 해골에서 게들이 숨바꼭질하듯 들락날락했다. 우리는 해골보다 잡아먹을 수 있는 게가 더 중요했다. 아무렇지도 않게 해골을 넘나드는 게들을 잡았다. 커다란 나뭇잎을 바구니처럼 접어서 잡은 게들을 넣었다. 나뭇잎 바구니가 금세 수북하게 차올랐다.

우리는 부싯돌로 불을 피우고, 나뭇잎에 게를 싸서 불에 구웠다. 게 익는 냄새가 구수하게 퍼졌다. 연기가 피어오르면 혹시라도 숨어있는 일본군에게 들킬까 봐 마음을 졸이면서도, 오랜만에 맛보는 익힌 음식 앞에선 먹는 본능이 앞섰다.

뜨거운 게를 식힐 겨를도 없이 허겁지겁 먹었다. 뜨겁고 딱딱한 걸

배를 기다리며

먹느라 입안이 데이고 헤져서 잇몸은 물론 목구멍까지 쓰리고 아팠다. 게를 먹고 나니 극도의 피곤이 몰려왔다. 우리는 후미진 나무그늘에 야자수 잎을 깔고 누웠다. 열대지방이라 덮을 것은 필요 없었다. 눕자마자 모두 깊은 잠 속으로 빠져들었다.

'얼마쯤 잤을까.'

빗방울이 후두두, 후두두 떨어져 눈을 떠보니 사방이 먹구름으로 캄캄했다. 정글 날씨는 하루에도 몇 번씩 세찬 장대비가 쏟아졌다가 금세 개이곤 했다.

비가 그치고 나니 배가 살살 아프기 시작했다. 갑자기 게를 많이 먹어 탈이 난 것 같았다. 모두가 며칠 설사를 했다. 그랬더니 머리칼 하나도 움직일 기운이 없었다. 우리는 엉금엉금 기어서 빵나무 열매를 찾아 나섰다. 다행히 바나나도 있었고, 망고도 있었다. 또 배가 아플까 봐 게는 조금씩만 먹고 바나나와 빵나무 열매로 끼니를 때웠다.

아침에 눈을 뜨면 무엇을 먹으며 하루를 온전히 견뎌야 할지가 가장 큰 관심사였다. 먹을 수 있는 거라면 뭐든지 찾는 대로 골고루 먹었다. 어떤 날은 사탕수수도 만났고, 망고도 찾았다. 여린 풀도 뜯어먹고, 게도 잡아먹었다. 헐벗고 굶주렸지만 비로소 온전한 자유를 누리는 생활이었다.

해변에서 가까운 곳은 이미 이를 잡듯 샅샅이 뒤지고 다닌 터라, 그날은 조금 멀리 떨어진 곳까지 갔다.

"우리 오늘은 저 산에 올라가 보자. 저기 가면 배가 보일지도 몰라."

"그래. 더 높은 곳이니 멀리까지 볼 수 있을 거야."

모두 산으로 올라갔다. 그리 높진 않았지만 산꼭대기에 올라가니 바다 멀리까지 보였다. 하지만 먼 바다에도 지나가는 배가 한 척도 보이지 않았다.

"어쩌면 지나가는 배가 한 척도 없을까?"

"배는 뱃길로 다닐 거야. 여기는 뱃길이 아닌 게 분명해."

"맞아. 바다에도 다 길이 있대."

"그럼 어떻게 해. 우리가 뱃길을 찾아 다른 곳으로 옮겨야 하나?"

"그냥 여기서 기다려. 먹을 열매도 있고 굶어 죽지는 않을 테니까. 지나가는 배가 꼭 있을 거야."

어느새 우리는 야자수 해변에 길들어서 새로운 곳에 가기가 겁이 났다. 산에는 먹을 수 있는 나물들이 바닷가보다 많았다. 나물을 보니 열세 살 때, 고향 뒷산에서 나물을 뜯던 생각이 났다.

일본군위안부들은 1930년대부터 1945년 일본이 패망하기까지 강제로 전선으로 끌려가 일본 군인들의 성 노예로 인권을 유린당하였으며, 전후에도 육체적·정신적 고통으로 힘겨운 생활을 하고 있다. 한국, 일본, 중국, 필리핀, 인도네시아 등 여러 나라 여성들이 강제로 동원되었으며, 당시 일본의 식민지였던 한국 여성들이 가장 많았다. 각국 피해자들과 민간단체 및 정부, UN을 비롯한 국제기구가 일본에 진상규명과 정당한 배상을 요구하고 있으나 일본 정부는 이를 거부하고 있다.

일본군위안부는 오랫동안 정신대라는 이름으로 불려 왔으나 이는 정확한 표현이 아니다. 정신대란 나라를 위해 몸을 바친 부대라는 뜻으로 일제시대 노동 인력으로 징발되었던 사람들을 가리킨다. 이들 중 '여자근로정신대'의 일부가 일본군위안부로 끌려가기도 하였으나 두 제도를 동일한 것으로 볼 수는 없다. 이와 더불어 혼용되어 쓰이는 용어가 종군위안부이다. 이는 자발적으로 군을 따라다닌 위안부라는 의미로 강제로 성 노예 생활을 해야 했던 일본군위안부의 실상을 감추려고 일본이 만들어낸 용어다. 현재 공식적인 용어로 한국에서는 〈일본군 '위안부'〉, 중국 등에서는 〈일본군 위안부〉, UN 등 국제기구를 포함한 영어권에서는 〈일본에 의한 성 노예 Military Sexual Slavery by Japan〉가 쓰이고 있다.

– 『두산백과』, 일본군 '위안부'

복순
언니

1945년, 미군 함정

고향을 떠나온 지 어느덧 7년이 흘렀다. 우리 중에 7년이나 된 사람은 나 혼자였다. 복순 언니가 5년, 다른 사람은 많아야 2, 3년이었다. 어머니는 나를 기다리다 눈이 짓물렀을 것 같았다.

'저 바다에서 무작정 동쪽으로만 가면 그리운 고향이 나타날까.'

산꼭대기에 앉아 있으니 고향 뒷산에 오른 것 같은 착각이 들었다. 끝없는 바다를 바라보며 모두 이곳이 전쟁터라는 사실도 잠시 잊고 천진난만한 소녀들처럼 재잘거렸다.

나이가 가장 많은 미순 언니가 주위를 둘러보며 말했다.

"여기가 고향 뒷산이라면 얼마나 좋을까? 우리 고향에서 가장 큰 산은 가야산이야. 그 산에서 봄마다 나물을 뜯었는데, 고사리도 꺾고 골짜기에서는 벙구 순도 땄어. 응달에는 싱아가 지천이었지. 아, 그런 싱아가 이곳에 있다면 날마다 꺾어 먹었을 텐데."

싱아라는 말에 금세 입안에 새콤한 침이 고였다. 미순 언니는 고향이 충청도 예산이라고 했다. 미순 언니가 얼굴이 볼그레해져서 수줍게 말했다.

"난 총동원령이 내려진 뒤 바로 끌려왔어. 부모님이 내 위로 두 언니는 서둘러 시집을 보냈지. 엄마가 나도 시집보내려고 신랑감을 찾던 중이었어. 아, 2년 전이 까마득한 세월처럼 느껴지네. 이제 늙은 처녀라고 신랑감이 안 나타나면 어떡하지? 아, 내 신랑감은 누굴까."

복순 언니도 먼 하늘가를 바라보며 큰 눈을 깜빡거렸다.

"난 5년 전에 상하이를 거쳐 난징으로 끌려갔어. 나 살던 건넛마을에 준배라는 청년이 있었는데 우린 결혼하기로 약속했어. 어머니가 그해 가을에 준배 씨한테 시집보낸다고 했는데, 봄에 끌려오고 말았어. 준배 씨는 지금도 날 기다리고 있을 거야. 세상에서 내가 젤 예쁘다고 했는데."

전라도 정읍에서 끌려왔다는 삼례도 손으로 예쁜 풀꽃을 쓰다듬으며 말했다.

"나도 여기 끌려오지 않았으면 호식이한테 시집갔을 거예요. 호식이는 우리 앞집에서 머슴을 살았어요. 아침저녁으로 나를 보지 않으면 하루도 못 산다고 했는데, 떠날 때 호식이한테 말도 못하고 왔어요. 호식이도 나만 기다리고 있을 텐데. 난 돌아가면 꼭 호식이한테 시집가서 행복하게 살아야지."

우리는 모두 꽃다운 처녀로 돌아가서 신랑감을 자랑하며 수다쟁이

들이 되었다.

"난 시집가면 아들만 낳고 싶어. 여자는 싫어."

삼례의 말에 복순 언니가 고개를 저었다.

"난 남자는 다 싫어. 예쁜 딸만 낳을 거야. 나를 닮은 딸을 낳으면 준배 씨가 나보다 더 예뻐할걸. 딸만 낳아서 행복하게 살아야지."

끝녀도 귀여운 얼굴이 빨개진 채 끼어들었다.

"내가 좋아하던 총각이 윗마을에 살았어요. 이름은 덕칠이. 아이, 지금 생각하니 이름이 정말 촌스럽네. 우리는 손도 잡아 봤어요. 나물 뜯으러 산에 가면 지게를 진 덕칠이가 금세 나타났는데."

끝녀의 말에 삼례가 까르르 웃으며 말했다.

"끝녀야, 내가 보기엔 네 이름이 덕칠이보다 더 촌스러워. 안 그러니?"

끝녀가 삼례의 말에 샐쭉해져서 혀를 쏙 내밀었다.

"삼례 언니도 뭐 멋진 이름은 아닌데. 엄마가 딸만 쪼르르 내리 낳는다고, 이제 딸은 끝이라고 끝녀라고 지었대. 난 아들이든 딸이든 차별하지 않고 많이 낳고 싶어."

모두 마음속에 간직한 고향의 사내들을 떠올리며 수다 떠는 것을 듣고 있자니 나도 진규 오빠가 생각났다.

'고향에 가면 엄마와 동생 말고 누가 나를 기다리고 있을까. 진규 오빠는 일본에서 돌아왔을까.'

진규 오빠는 나 혼자서만 마음에 두고 있는지도 몰랐다. 내 고향

복순 언니

에서 일본으로 유학 간 사람은 진규 오빠가 유일했다.

'혹시 오빠도 일본에서 학도병으로 전쟁터에 끌려온 건 아닐까.'

진규 오빠 생각에 젖어 있는데 복순 언니가 내게 물었다.

"우리 다섯 중에서 가장 먼저 끌려온 게 너지? 너는 열세 살에 끌려왔다면서?"

미순 언니가 혀를 쯧쯧 찼다.

복순 언니가 손을 부르르 떨며 말했다.

"어쩜 모두 하나같이 일본의 새빨간 거짓말에 멍청하게 다 속았는지……."

"언니, 우리 탓이 아니에요. 우리가 순진한 게 뭐 잘못인가요? 악독한 거짓말쟁이들이 나쁘지."

미순 언니가 삼례의 말에 고개를 끄덕이며 내게 물었다.

"춘자야, 너는 좋아하는 남자 없었어?"

미순 언니가 무심코 물어본 말인데, 나는 그 말이 가슴을 도려내는 것처럼 아팠다. 좋아하는 사람이 있어도 나는 시집 갈 수 없는 몸이었다. 애기집까지 빼앗긴 내 처지가 기가 막혀 나도 모르게 눈물이 마구 쏟아졌다. 복순 언니가 내 등을 토닥거리며 달랬다.

"이제부터 우린 어떤 일을 당했는지 말하지 말고 모두 입 꼭 다물고 살아야 해. 그 끔찍한 일을 당한 걸 누구한테 말하겠니? 하늘이나 알고 땅이나 알겠지. 우리 모두 그런 몹쓸 짓을 시킬 줄 알았으면 혀를 깨물고 죽더라도 절대 안 왔을 거야. 다들 속아서 왔잖아. 그러니까 우리 잘못이 아니야. 억울한 피해자들일 뿐이라고. 우린 앞으로 행복하게 살아야 해. 그래야 공평하지. 세상에 우리처럼 억울한 여자들이 어디 있겠어. 그러니까 우리는 다른 여자들보다 몇 배 더 행복하게 살아야 해."

"맞아요. 우린 꼭 행복해야 해요."

나에겐 행복이란 단어가 너무나 막연했다.

'여자에게 행복이란 게 뭘까. 시집가서 아들딸 낳고 사는 게 행복일까.'

그럼 아들딸을 영영 낳을 수 없는 나에게는 행복이란 있을 수 없었다. 다른 사람들은 입만 다물면 될지 모르지만, 내 상처는 입을 다물어도 치유될 수 없는 너무나 어마어마한 상처였다.

나는 입술을 꼭 깨물며 바다만 바라보았다. 눈물이 어려서 바다가 어른어른했다.

한동안 모두 아무 말이 없었다. 여전히 지나가는 배는 한 척도 눈에 띄지 않았다.

복순 언니가 일어서며 모두에게 말했다.

"우리가 당한 끔찍한 일들은 평생 다 풀어내도 끝이 없을 거야. 이제 그만 일어나자. 오늘도 배는커녕 돛대 끝도 안 보이네. 어서 나물이나 뜯자. 배가 나타날 때까지 버텨야지."

고향을 떠나 처음으로 가슴에 켜켜이 쌓여 있던 그리움과 일본군에 대한 분노를 마음껏 쏟아내고 다시 현실로 돌아왔을 때였다.

복순 언니

"움직이지 마!"

일본말이었다. 깜짝 놀라 일제히 소리 나는 쪽으로 고개를 돌렸다. 두 사람이 우리를 향해 총을 겨누고 서 있었다. 그들은 너덜너덜한 일본 군복을 입고 있었다. 우리는 온몸이 마비된 듯 일본군이 들고 있는 총 때문에 옴짝달싹도 할 수가 없었다.

'어디서 나타났을까.'

오랜만에 추억에 젖어 방심한 탓일까? 우린 꼼짝없이 독 안에 든 쥐였다.

'또다시 악마의 손에 잡히게 되다니.'

바로 앞은 시퍼런 바닷물이 출렁거리는 천길 벼랑, 뒤에는 일본군. 우리는 한 발짝도 옴짝달싹할 수 없었다.

일본군이 한 발 한 발 다가왔다. 우리는 벼랑 쪽으로 한 발 한 발 뒷걸음쳤다.

"어디서 도망쳤나?"

일본말로 물었다.

"일본군이 우릴 버리고 갔어요."

"또 누가 있나?"

우린 고개를 저었다.

"살려둔 걸 보니 운이 좋군. 먹을 것 있는 대로 다 내놔!"

키가 큰 일본군이 말했다. 며칠을 굶었는지 목소리에 힘이 전혀 실려 있지 않았다. 우리처럼 길을 잃은 패잔병임이 분명했다. 또다시 일본군에게 당해서는 안 되었다. 그러나 섣부르게 저들을 자극하지 말아야 했다. '고분고분'이란 말이 섬광처럼 머리를 스쳤다.

'그래, 고분고분한 척하자.'

우리가 수적으로 우세했기 때문인지 나도 모르게 담대해졌다.

"저 아래 쪽에 빵나무 열매가 있어요."

백사장 쪽을 손으로 가리켰다. 복순 언니가 커다란 눈으로 나를 보았다. 나는 겁먹지 말라고 눈으로 말했다.

"거기 누가 있나?"

"아무도 없어요. 거긴 우리가 있던 곳입니다."

"좋아. 어서 앞장서라!"

군인 한 사람은 뒤에서, 다른 군인은 앞에서 총구를 우리에게 향한 채 우리를 백사장으로 가라고 했다.

"어떻게 하려고?"

미순 언니가 벌벌 떨며 물었다. 삼례와 끝녀의 얼굴은 백지장 같았다.

"호랑이 굴에 잡혀가도 정신만 차리면 산다고 했어. 절대 자극하지 말고 침착해."

나도 모르게 용기가 생겼다. 복순 언니가 고개를 끄덕였다.

일본 군인을 떨쳐낼 수도, 도망칠 수도 없는 상황이니 호시탐탐 기회를 노려야 했다. 죽을 고비를 넘기며 얻은 자유를 허망하게 날려버릴 수는 없었다. 패잔병인 일본 군인들은 우리보다 더 지친 기색이 역력했다. 뒤에서 복순 언니가 내 옆구리를 쿡쿡 찔렀다.

복순 언니

"알았어, 언니. 우선 먹을 것부터 주고 안심을 시킨 후에……."

우리는 서로 무슨 말을 하려는지 눈짓으로 알았다. 우리도 기진맥진한 것처럼 일부러 천천히 걸었다.

우리가 머물던 곳이 보였다. 웬일인지 빵나무 열매를 덮어 놓았던 야자수 잎이 흐트러져 있었다. 그뿐만이 아니었다. 잠자리로 깔아놓았던 야자수 잎들도 어지럽게 들춰져 있었다.

'이들이 이미 다녀간 걸까.'

겁이 덜컥 났다. 빵나무 열매는 온데간데없었다. 자칫하면 거짓말했다고 총알이 먼저 날아올 수도 있었다. 우리는 주춤주춤 야자수 잎을 헤쳐 보았다. 빵나무 열매뿐만 아니라 우리 소지품들도 누군가의 손을 탄 게 분명했다. 주변을 두리번거리며 빵나무 열매를 찾았다. 복순 언니가 어찌 된 일이냐고 걱정했다.

"언니, 당황하지 마."

그때 한 군인이 복순 언니에게 총부리를 들이대며 말했다.

"허튼수작 하지 마! 어서 먹을 걸 내놔! 우선 요기부터 하고 오랜만에 재미 좀 봐야겠다. 너희는 저쪽에 한 줄로 서 있어!"

군인의 말에 머리카락이 곤두섰다. 복순 언니가 야자 잎을 들추며 빵나무 열매를 찾는 척했다.

"여기 뒀는데 없어졌어요."

"뭐야! 빨리 먹을 걸 내놔라, 조센삐!"

일본 군인이 총대로 복순 언니의 머리를 내리쳤다. 언니가 그대로 나뒹굴었다. 바로 그때였다. 땅! 소리와 함께 복순 언니를 때린 일본 군인이 그 자리에 푹 고꾸라졌다.

"빠가야로! 이것들이 우릴 속였어!"

다른 군인이 총부리를 복순 언니에게 겨누며 소리쳤다.

그때였다.

"빨리 피해요!"

조선말이었다. 총소리가 또 들렸다. 총을 든 일본 군인이 다리에 총을 맞고 쓰러졌다. 일본 군인의 총구도 불을 뿜었다. 복순 언니가 비명을 질렀다. 그 순간 쓰러진 일본 군인 가슴에서 피가 솟구쳤다.

산속에서 만났던 아저씨들이 야자수 뒤에서 총을 든 채 몸을 드러냈다. 나는 달려가 피를 흘리는 복순 언니를 부둥켜안았다.

복순 언니가 무슨 말인가 하려고 입술을 움직였다. 언니 입에서 말 대신 피가 흘러나왔다.

"언니, 정신 차려! 언니! 안 돼."

복순 언니의 고개가 금세 아래로 꺾였다.

"언니, 죽으면 안 돼. 어서 눈 좀 떠 봐!"

복순 언니는 다시는 눈을 뜨지 않았다. 나는 복순 언니를 안고 몸부림을 쳤다.

"복순 언니가 죽었어요. 아저씨들 때문이에요."

"우리가 먼저 놈들을 없앴어야 했는데, 정말 애석합니다."

미순 언니가 나를 달랬다.

"어쩔 수 없었어. 이 아저씨들이 아니었으면 우리 모두 죽었을지도 몰라. 춘자야, 그만 울어."

"아, 어떡해? 복순 언니, 언니!"

언니를 잃은 슬픔이 너무 컸다.

아저씨들은 우리가 머물던 곳을 발견했을 때, 일본 군인들이 있던 곳인 줄 알았다고 한다. 그래서 우리가 놓아 둔 빵나무로 요기하고 숨어 있었다고 했다. 아저씨들이 아니었으면 우리는 끔찍한 일을 당했을지도 몰랐다. 우리는 아저씨들과 함께 복순 언니를 모래언덕에 묻었다. 일본 군인들의 시체도 묻어주었다. 우리한테는 원수였지만 한 인간으로 볼 때는 불쌍한 존재들이었다.

"너무 억울해. 왜 우리가 이런 죽음을 당해야 해. 수만 리 떨어진 곳까지 끌려와서 일본군에게 몹쓸 짓을 당한 것도 분해 죽겠는데, 왜 이렇게 죽어야 하냐고."

우리는 복순 언니를 묻으며 눈이 퉁퉁 붓도록 울었다. 처음엔 언니의 죽음이 억울하고 슬퍼서 울었고, 결국엔 우리의 기막힌 운명 때문에 울었다.

그 뒤로는 한 사람씩 바닷가에서 보초를 섰다. 지나가는 배가 보이면 무조건 손을 흔들기로 했다. 보초를 서지 않는 사람들은 먹을거리를 찾아다녔다.

열흘쯤 지났을 때였다. 그날은 내가 당번이었다. 나는 아른거리는 바다를 바라보면서 잠시도 한눈을 팔지 않았다. 잠깐이라도 바다에서 눈을 떼면 그 사이에 배들이 나타났다 사라질까 봐 초조했다.

언뜻 바다 위에 움직이는 점이 보였다. 눈을 비비고 다시 살폈다. 가슴이 쿵쿵 뛰었다. 수평선에 나타난 물체가 조금씩 커지기 시작했다. 뾰족한 깃발 같기도 하고, 커다란 새의 날개 같기도 했다. 그것이 점점 커졌다. 배였다. 틀림없는 배였다.

어떻게든 저 배에 신호를 보내야 했다. 저 배에 탄 사람들에게 우리를 구조해달라고 알려야 했다. 나는 온 힘을 다해 손을 흔들었다. 1분 1초가 급했다. 그러나 배는 아는지 모르는지 아무 변화가 없었다. 나는 넝마조각 같은 옷을 벗어서 흔들었다. 그래도 배는 여전히 움직이던 방향으로 가고 있었다. 나는 소리를 힘껏 지르며 옷을 들고 백사장을 뛰어다니며 소리쳤다.

"살려주세요! 여기요!"

내 고함을 듣고 먹을거리를 찾으러 갔던 사람들도 바닷가로 뛰어왔다. 모두 걸치고 있던 넝마조각을 벗어서 배를 향해 힘껏 흔들었다. 너무 절박해서 목소리가 금세 울음이 되어 버렸다. 그러나 우리에게 다가오는 것 같던 배가 점점 멀어져 갔다.

'우리를 못 본 걸까.'

아저씨들은 바다로 뛰어들어가며 목이 터지라 소리쳤다. 우리는 두 팔을 힘차게 흔들었다. 내가 다급하게 아저씨에게 말했다.

"아저씨, 총을 쏘면 안 돼요? 총소리를 듣고 오지 않을까요?"

"위험해서 총은 안 돼. 우리가 적군인 줄 알고 대포라도 쏘는 날엔 가루도 안 남아."

우리는 미친 듯이 옷을 흔들었다. 그때였다. 배가 방향을 돌리는 것 같았다. 드디어 우리 쪽으로 방향을 틀었다. 이제 살았구나 싶었다. 배가 서서히 가까워졌다. 우리는 더 힘차게 손을 흔들며 소리쳤다.

"살려주세요! 도와주세요!"

드디어 배 위에 있는 사람들이 보이기 시작했다. 우리는 서로 얼싸안고 기쁨의 눈물을 흘렸다.

'따당! 탕! 탕!'

이게 웬일일까. 총소리였다. 우리는 너무 놀라 대나무밭으로 뛰었다.

'살려달라고 소리쳤는데, 총을 쏘다니.'

애타게 기다리던 배가 우리를 해치려 하다니, 모두 들떴던 마음이 절망으로 곤두박질쳤다. 우리는 대밭에 숨어서 배를 지켜보았다. 총소리는 금세 멈췄다.

'일본군일까, 미군일까. 미군이 우리에게 나쁜 짓을 하면 어떻게 해야 할까.'

잠시 후 큰 배에서 작은 보트를 내리는 게 보였다.

'우리를 잡으러 오는 배일까. 이제 어떻게 해야 하지? 다시 정글 속으로 숨어야 하나.'

일본군이면 우리를 붙잡아 또 끔찍한 일을 시킬 텐데, 다시는 그런 일을 당하고 싶지 않았다.

"가까이 올 때까지 지켜보다가 미군이면 얼른 달려나가자. 만약에 일본군이면 정글 속으로 도망치고."

모두 불안한 마음을 달래며 대밭에 엎드려 숨을 죽였다. 보트에 탄 사람들의 생김새가 어렴풋이 보였다. 일본 군인들보다는 키가 컸다. 군복색도 달랐다. 틀림없는 미군이었다.

"미군이 틀림없어요. 모두 함께 손을 흔들어요!"

우리는 해변으로 뛰어갔다.

아저씨들도 다리를 절뚝거리며 뛰었다. 미군들이 보트에서 우리에게 손짓했다. 빨리 보트 쪽으로 오라고 하는 것 같았다.

"모두 손을 들고 코리안이라고 외쳐요."

우리는 모두 코리안, 코리안 외치며 보트가 있는 곳으로 다가갔다. 미군이 손을 내밀며 빨리 타라고 했다. 우리는 기뻐서 눈물을 흘리며 보트에 올랐다. 미국 사람이 미국말과 우리말을 섞어가며 물었다.

"아 유 코리언? 또 없어요?"

우리는 너무 반가워 고개를 끄덕였다.

"식스 퍼슨? 여섯뿐입니까? 일본군 없어요?"

"없어요. 모두 도망쳤어요. 우리뿐이에요."

미군이 고개를 끄덕였다. 우리를 실은 보트가 큰 배 곁으로 갔다.

큰 배에서 사다리를 내려주었다. 미군들이 우리를 한 사람씩 부축해서 큰 배로 올려주었다. 미군 군함이 틀림없었다. 군함에 오르자마자 미군이 우리를 선실로 데려갔다. 선실에 있던 미군들이 우리의 몰골을 보고 '오 마이 갓'을 연발하면서 고개를 저었다.

"아 유 오케이? 노우 프라블럼?"

우린 무슨 말인지 몰라 고개를 저었다.

미군들이 군복과 작은 상자를 하나씩 주었다. 우리말을 하는 미군이 와서 얼른 상자 안의 음식을 먹고 옷도 갈아입으라고 했다.

상자 안에는 비스킷, 말린 육포, 설탕, 치즈, 과일 말린 것 따위의 전투식량이 들어 있었다. 생전 처음 맛보는 음식을 먹으면서 나는 백사장에 묻고 온 복순 언니 생각에 목이 메었다.

'일본군만 나타나지 않았더라면 함께 구조될 수 있었을 텐데.'

우리는 옷도 갈아입었다. 옷이 너무 커서 자루를 뒤집어쓴 것 같았지만 가릴 곳을 다 가릴 수 있는 옷이 얼마 만인지 몰랐다.

어느새 몇 시간이 흘러 배가 멈추자 작은 보트를 내려 우리를 태웠다. 아저씨들도 함께였는데, 그 사이에 면도를 말끔히 해서 하마터면 몰라볼 뻔했다. 우리는 서로 얼굴을 확인하며 이제야 사람 꼴이 난다며 웃었다.

미군이 우리를 백사장에 있는 텐트로 데려갔다. 그곳에서 조사를 받았는데, 미군은 우리가 전쟁포로라고 했다. 아저씨들은 다른 방에서 조사받는다고 했다. 그제야 우리가 있던 곳이 레이테 섬 뒤쪽이었고, 이 섬에서 몇 달 전 미군과 일본군의 치열한 전투가 벌어졌고, 미군의 대대적인 폭격으로 일본군이 궤멸되었다는 것도 비로소 알게 되었다. 우리가 마지막에 만났던 일본군들은 길잃은 패잔병들이었다.

우리는 모두 일본 이름으로 조사를 받았다. 고향이 어딘지, 언제 어디로 끌려왔는지, 그동안 어디에 있었는지, 언제부터 그 바닷가에 있었는지, 처음엔 몇 명이었는지 물었다. 우리는 폭격당했을 때부터 야전병원에 있던 군인들과 도망치던 일, 따로 떨어져 해변에서 생활하다가 일본군 패잔병을 만나 복순 언니를 잃은 것까지 빠짐없이 말했다. 미군이 우리 이름 위에 지장을 찍으라고 했다. 우리는 시키는 대로 했다.

조사를 마친 후, 미군이 우리를 지프에 태웠다.

"어디로 데려가는 거예요?"

나는 혹시라도 미군이 일본군처럼 우리에게 나쁜 짓을 할까 봐 마음을 놓을 수가 없었다.

"수용소로 갑니다."

"수용소가 뭐하는 곳인가요?"

"일본군 포로들이 있는 곳이에요."

나는 일본군이라는 말에 와락 겁이 났다.

"싫어요. 일본군들과 함께 있기 싫어요. 우리에게 또 나쁜 짓을 할 거예요."

내 말에 통역관이 고개를 저었다.

"거긴 괜찮아요. 남자들은 따로 있어요. 이제 그런 일은 다시 일어나지 않을 거예요."

'파란 눈' 연합군이 목격한 일본군 위안부는 어땠을까

민족문제연구소에 따르면, 동아시아 역사 전문가인 테사 모리스 스즈키 호주 국립대 교수는 최근 국제학술지 『아시아태평양저널』에 「그 여자애들에 대해서는 알고 싶지 않으세요? 위안부, 아시아·태평양 전쟁에서의 일본군과 연합군」이라는 제목의 논문을 기고했다. 이 논문은 호주 전쟁기념관과 영국 전쟁박물관 등이 보유한 연합군 병사들의 증언에 등장하는 일본군 위안부 목격담을 토대로 했다. 그는 '우리는 너무 오랫동안 전시 성폭력에 의해 영향을 받은 이들의 경험을 외면하면서 '이 여성들에 대해 알고 싶어 하지 않아' 했다.'며 '더 나은 미래를 모색하려면 우리는 역사적으로 모든 면에서 정직해야 할 필요가 있다.'고 썼다.

- 호주 참전용사 앵거스 맥두걸은 1984년 인터뷰에서 포로수용소로 가는 기차 안에서 25~30명의 일본군 위안부를 봤다고 증언했다. 이 여성들은 포로들과 같이 군용 열차와 화물운송 트럭을 타고 음식과 물이 부족한 열악한 환경에서 태국과 미얀마 일본군 위안소로 가는 길이었다고 말했다.

- 동티모르 쿠팡을 점령한 연합군은 인도네시아 자바에서 끌려온 일본군 위안부 26명을 발견했다. 일본군은 항복하기 전날 밤에 이 여성들에게 적십자 완장을 나눠줬다고 한다.

- 영국의 식민지 미얀마에서 일한 영국인 엘레아노르 클라크는 미얀마에 있을 때 매우 많은 조선인 위안부를 봤다고 회상했다. 클라크는 '일본 병사들이 나온 집을 보니 그곳에 여성들이 있었다.'며 '우리는 그들을 조선에서 온 여성이라는 뜻의 '메이-초센'이라고 불렀다.'고 증언했다.

- 영국 왕립포병대 출신인 윌리엄 윌슨은 미얀마의 정글에서 일본군이 두 명의 '게이샤 소녀'를 사살해 묻어버린 것을 발견했다고 증언했다.

- 영국군 소령 조지 메일러-호와트는 어느 일본군 위안소에서 빠져나온 '겁에 질린 조선 소녀들 무리'를 발견한 상황을 회고록에 적기도 했다. '이들은 납치돼 자신들의 의사에 반해 일본군 병사들의 노예가 되도록 강요받은 것이 분명했다. 이들은 공포에 떨고 있었지만 미얀마 어 통역자를 통해 돌봐주겠다고 말하자 아주 고마워했다.'

- 종전 후 미얀마에 복무한 한 영국 장교는 조선인 위안부 5명을 만난 경험을 전했다. 일본군이 후퇴하는 혼란 속에서 탈출한 이들은 이 영국 장교에게 보호를 간청했다. 그는 '이들은 흙투성이였지만 바나나돈(banana money: 점령기에 발행된 일본군 화폐)을 '어찌어찌' 확보해 열대의 폭우로부터 보호하려고 콘돔 속에 넣어 가지고 있었다.'고 증언했다.

– 〈연합뉴스〉 2016년 2월 17일

복순 언니

포로가
되어

1945년, 마닐라 포로수용소

우리가 도착한 수용소에는 방이 여러 개 있었는데, 그 방들을 보니 위안소가 떠올라 바짝 긴장되었다. 방 안에는 2층 침대가 양쪽에 한 개씩 놓여 있었다. 나는 얼른 방 구석구석을 둘러보았다. 혹시라도 소독약과 대야와 물통이 있는지부터 살폈다. 창문 쪽에 네모난 탁자가 놓여 있었을 뿐, 나를 두렵게 하는 것들은 눈에 띄지 않았다.

"여기는 포로수용소예요. 여기 있으면 안전해요. 좀 있다 저녁을 줄 테니 먹고 나서 쉬어요. 당분간 여기서 지내게 될 거예요."

통역관이 밖으로 나가더니 밖에서 문을 잠갔다.

'왜 문을 잠그는 걸까.'

우리 맘대로 밖으로 나갈 수 없는 것 같았다. 얼마 후 어떤 여자가 옷을 가져와 포로들이 입는 옷이라며 갈아입으라고 했다. 우리는 옷을 갈아입고 침대에 누워보았다. 얼마 만에 이렇게 포근한 곳에 누워

보는지, 세상에 다시 태어난 것처럼 편안했다.

'이제 끔찍한 생활은 정말 끝난 걸까.'

그동안의 일들이 꼬리를 물고 이어질 무렵, 밖에서 자물쇠를 여는 소리가 났다. 나는 나쁜 군인이 들어올까 봐 겁에 질려 벌떡 일어났다. 내 속에 켜켜이 쌓인 아픈 기억들이 시시때때로 되살아나 나를 오싹하게 만들었다. 한 여자가 문을 열고 말했다.

"나도 조선인 포로예요. 안심하고 얼른 나와서 식사해요."

조선인이라는 말이 눈물이 나도록 반가웠다.

"전쟁이 끝난 거예요?"

"곧 끝날 거예요. 도대체 얼마나 굶주렸기에 해골만 남았어요?"

"일본군과 후퇴하다가 길을 잃었어요."

나는 차마 사실대로 말할 수가 없었다.

"곧 일본이 망할 거예요. 전쟁이 끝나면 고향에 갈 수 있어요."

"정말요? 미군이 고향에 보내주나요?"

"예. 어서 식사부터 해요. 그 몸으로는 고향에 가기도 전에 쓰러지겠어요."

코끝이 찡했다.

식당에 가서 쌀밥을 보니 복순 언니 생각이 또 났다.

"어서 먹자. 악착같이 먹고 고향에 가야지."

우리의 맘은 모두 똑같았다.

밥도, 반찬도, 국도 일본군에게 끌려 온 후 받은 최고의 성찬이었

포로가 되어

다. 밥도 마음껏 먹으라고 넉넉하게 주었다. 양껏 먹으려 했지만 배가 받아들이지 못했다. 너무 굶주려서 위가 작아져서 그렇다고 했다.

이튿날엔 우리를 병원에 데려갔다. 우린 온몸이 성한 곳이 없었다. 머리도 잘라주고, 상처에 약을 바르고, 하얀 가루약도 뿌려 주었다. 고향을 떠난 후 처음으로 사람대접을 받는 것 같았다.

나를 비롯한 모두가 며칠 동안 계속해서 조사를 받았다. 조사관은 내가 어디에서 무슨 일을 했는지를 집중적으로 물었다. 내가 위안부였다는 사실을 선뜻 말할 수가 없었다. 그저 야전병원에 있었다고 둘러댔다. 병원엔 몇 명이 있었는지, 일본군들은 어느 쪽으로 갔는지, 부대의 규모는 어땠는지, 우리를 가혹하게 대하진 않았는지, 세세하게 물으며 내가 대답한 내용을 기록했다. 나는 위안부에 관해선 한마디도 꺼내지 않았다. 입을 다물고 있었지만 마음의 상처는 깊어졌다.

수용소 방 밖에 넓은 마루가 있었다. 며칠에 한 번씩 햇볕을 쬐는 곳이었다. 감시원이 있었지만, 많은 포로와 자유롭게 이야기를 나눌 수 있었다. 여자 포로들은 중국, 대만, 필리핀, 버마(미얀마), 인도네시아, 싱가포르 등 여러 나라 사람이었다. 일본 여자들도 많았다. 모두 자기 나라 사람끼리 어울렸다. 일본 여자들은 방에서 잘 나오지 않았다.

나는 이 여자들을 보며 모두 우리처럼 위안부들이었을까 궁금했다. 차마 물어볼 수는 없었지만, 느낌으로는 나와 같은 일을 했다는 걸 짐작할 수 있었다. 함께 지내면서 국적을 넘어 하나둘씩 친밀해지고 자연스레 과거도 들춰졌다. 동병상련이라고 우리의 아픔은 쉽게 서로의 마음을 여는 마술 같았다. 대부분 위안부의 몸에는 끔찍한 흉터들이 많았다. 가슴과 등, 허벅지 등에 불에 지짐 당하고 칼에 찔린 상처들이 있었다. 도망치다 잡혔거나 반항하다가 얻은 끔찍한 흉터들이었다. 문득 복순 언니의 가슴에 있던 흉터가 생각났다. 인두로 지짐까지 당하고도 결국 낯선 땅에 묻힌 언니를 생각하면 눈물부터 나왔다.

수용소에서 오래 있었던 사람들은 제대로 식사하며 지낸 덕인지 얼굴에 살이 오르고 안색도 좋았다. 그들은 해골만 남은 우리를 볼 때마다 대체 어디 있었기에 그토록 말랐느냐고 물었다. 정글로 도망치다 길을 잃었다고 하면 다들 놀랐다.

"시내로 나와 미군 부대로 갔으면 좋았을 텐데 왜 정글로 갔어요? 정글이 얼마나 위험한데."

"우리가 있던 곳은 산속에 있는 야전병원이었어요. 거긴 병원 말고 아무것도 없었어요. 시내로 나가는 길도 없었는걸요."

"어쨌든 이렇게 살아왔으니 다행이에요. 정글로 들어갔다가 길을 잃고 죽은 사람도 많대요. 만약 미군 배가 당신들을 발견하지 못했다면 당신들도 정글에서 죽었을 거예요."

리암이 미군한테로 도망가자고 했을 때 말을 듣지 않았던 게 또 후회되었다. 우리가 지냈던 해변의 대숲도 생각났다. 구조되지 않았다면 언젠가는 낯선 바닷가에서 해골로 뒹굴고 있었을 것이다.

얼마 후, 우리는 규모가 더 큰 수용소로 옮겨갔다. 전에 있던 수용소보다 훨씬 자유로운 곳이었다. 방문도 잠그지 않았고 공터에 나가 운동도 했다.

그곳에서 다시 세세하게 조사를 받았다. 조사를 받을 때는 통역관이 함께했는데, 미국 사람이었다. 통역관은 우리가 일본 전쟁포로이기 때문에 일본 사람과 똑같이 전쟁범죄자로 취급한다고 했다. 나는 깜짝 놀랐다. 우리는 일본군의 피해자이지 결코 일본군과 함께 전쟁한 게 아니었다. 그동안 조사받으면서 위안부라는 사실을 숨기고 야전병원 간호원이었다고 거짓말한 것이 크나큰 잘못이었다는 걸 깨달았다. 재조사를 받을 때 나는 조선 사람이며, 이름도 하루꼬가 아닌 허춘자라는 사실을 모두 밝히기로 했다.

수용소 같은 방에서 함께 지내는 여자들에게도 사실대로 밝혀야 한다고 설득했다. 그래야 미군도 우리를 일본군 포로와 다르게 취급할 것 같았다. 전쟁을 일으킨 일본 사람과 그들에게 엄청난 고통을 당한 우리는 엄연히 달랐다. 우리는 일본에게 속아서 강제로 끌려왔으며, 원하지도 않는 일을 억지로 해야 하는 일본 군인의 노리개였다는 사실을 확실하게 밝히자고 했다.

나는 스스로 부끄러워하면 안 된다고 설득했다. 새빨간 거짓말에 속아서 끌려온 후 세상에서 가장 치욕스런 일을 당한 우리는 부끄러운 게 아니라 억울한 것이었다. 우리가 부끄러워하면 할수록 우리 처지는 더 불쌍해지고 비참해질 수밖에 없었다. 우리는 처벌받아야 할 포로가 아니라 보호받고 배상받아야 하는 일본의 전쟁 피해자였다.

미순 언니도 내 말에 동의하고 삼례와 끝녀를 설득했다.

나는 심문을 받는 동안 미군 조사관에게 모두 사실대로 말했다. 열세 살이었던 나를 방직공장에 취직시켜준다며 강제로 트럭에 태웠고, 일본으로 가는 줄 알았는데 네이멍구에 끌려가서 초경도 하기 전에 일본군에게 몸을 짓밟혔다는 사실을 말했다. 겨우 초경을 시작했을 무렵 태평양전쟁이 시작되었고, 상하이를 거쳐 뱃길로 마닐라까지 오는 동안 바다의 고혼이 될 뻔했던 일도 낱낱이 말했다.

신체검사를 받을 때였다. 조사관이 내 배를 보고 무슨 상처냐고 물었다. 가장 고통스러운 사실을 말하려니 일본에 대한 분노로 머리 끝부터 발끝까지 떨렸다.

"내 아기집까지 무참하게 빼앗았어요. 난 엄마가 될 수 없답니다. 몇 번이나 죽으려고 했지만 죽기도 쉽지 않았어요. 일본은 천벌을 받을 거예요. 아무 죄도 없는 우리를 속여서 전쟁터로 끌고 와서 인간의 탈을 쓰고 해서는 안 될 끔찍한 짓을 저질렀어요."

나는 더는 말을 이을 수가 없었다. 가슴이 터질 듯 숨이 가쁘고 손발이 오그라들어 목소리가 나오지 않았다. 조사관이 깜짝 놀라 진정제를 주었다. 내가 당한 일을 내 입으로 말하는 일이 이렇게 고통스러울지 몰랐다. 나는 진정제를 먹고 나서야 다시 조사받았다.

"오! 마이 갓! 너무 끔찍하군요. 가슴 아픈 과거를 말하게 해서 정말 미안합니다. 오늘은 그만 합시다."

통역하는 미국 사람의 눈가도 젖어 있었다.

포로가 되어

나는 조사를 받는 동안 누구와도 얘기하고 싶지 않았다. 내 결심이 흔들릴까 봐 겁이 났다. 수용소에는 임신한 포로도 있었다. 그들을 볼 때마다 아기를 가질 수 없는 내 처지가 무척이나 고통스러웠다. 그 고통에서 헤어 나오는 길은 그리운 어머니와 춘식이를 생각하며 고향에서 보냈던 어린 시절의 추억을 떠올리는 일이었다.

고향을 생각하면 짭조름한 강굴 냄새가 났다. 바다에서 불어오던 바람 속에는 유황 냄새가 밴 송진 냄새도 났다. 그러나 그 기억의 냄새도 예전처럼 싱그럽지 않았다. 고통의 냄새가 뒤섞이었기 때문이었다.

조사를 받고 보름쯤 지났을 때였다. 한밤중에 갑자기 폭탄 터지는 소리가 사방에서 들렸다. 우리는 깜짝 놀라 방문을 열고 밖으로 뛰어나갔다. 수용소가 폭격당한 줄 알았는데, 오색찬란한 불꽃이 휘황찬란하게 밤하늘에 수를 놓고 있었다.

사람들이 환호성을 질렀다. 일본 천황이 항복했고 드디어 전쟁이 끝났다고 했다. 폭탄 터지는 소리는 승전을 축하하는 불꽃 소리였다. 마닐라 시내는 축제 분위기라고 했다. 필리핀 사람들과 미군 병사들은 거리에서 마주치는 사람마다 얼싸안고 춤을 춘다고 했다. 수용소 안에서도 극명하게 두 패로 갈렸다. 기뻐하지 않는 사람은 일본 포로들뿐이었다. 일본 여자들은 자기들끼리 모여 소리 없이 흐느끼거나 고개를 숙이고 다녔다. 나는 전쟁이 끝났다는 사실에 가슴이 더 먹먹했다.

'이제 고향으로 가야 할 텐데 어떻게 돌아갈까.'

우리는 아무것도 가진 것이 없었다. 당장 다음날이라도 고향으로 돌아갈 것 같은 분위기였지만, 보름이 지나도록 변화가 없었다.

일본 천황의 항복뉴스가 나온 지 한 달쯤 지났을 때였다. 미군이 수용소에 있는 사람들을 모두 트럭에 태웠다. 도착한 곳은 바닷가에 있는 포로수용소였다.

그곳에서 열흘쯤 지내자 커다란 배가 들어왔다. 배가 3, 4층은 되는 것 같았다. 우리는 배를 보자 갑자기 설레기 시작했다. 마음은 벌써 고향 하늘을 나는 것 같았다. 우리는 보트를 타고 큰 배에 옮겨 탔다. 배 안에는 일본군들과 일본 여자들, 군무원들도 많았다. 우리는 조선 사람들만 모여 있는 곳에 자리를 잡았다.

배 안의 풍경은 내가 끌려올 때와는 완전 딴판이었다. 조선 사람들은 목소리가 높았고, 일본 사람들은 죄인처럼 눈치를 보며 구석에 자리했다. 몇몇 사람들이 서로 부둥켜안고 울면서 떠들었다.

드디어 큰 배가 움직이기 시작했다. 바다를 바라보니 그동안의 악몽이 밀려와 눈물이 쏟아졌다. 점점 멀어지는 해변을 바라보며 복순 언니를 낯선 땅에 남겨두고 가게 되어 마음이 찢어지는 듯 아팠다.

돌아가는 배는 상하이에서 홍콩을 거쳐 마닐라까지 갈 때와는 비교도 할 수 없이 쏜살같이 바다를 갈랐다. 며칠 후 배가 멈춘 곳은 대만이라고 했다. 대만에서 중국인 포로를 내려 주고, 대만에 있던 조선인 포로들을 싣고 다시 출발했다. 목적지는 일본의 시모노세키라고 했다. 부산에 내려줄 줄 알았는데, 일본 땅으로 간다는 말에 몹시 불안했다. 뱃삯도 없는데 일본 땅에서 어떻게 고향 집에 가야 할지 앞길이 막막하기만 했다.

미군 공문서인 미국전시정보국 심리작전반 '일본인 포로 심문 보고' 제49호(1944년 10월 1일)에 따르면, 미얀마에서 미군은 조선인 '위안부' 20명을 보호하고 일본인 업자 2명을 체포했다. 다음 자료는 일본인 업자에 대한 심문 결과를 정리한 것이다.

'1942년 5월 초순, 일본군이 새로 점령한 동남아시아에서 위안 서비스를 담당할 조선인 여성을 동원하기 위해 일본의 업자들이 조선에 도착했다. 이 서비스의 성격은 구체적으로 명시되지 않았지만, 이를테면 병원에 있는 부상병을 방문해 붕대를 감아주는 등 장병들을 위로하는 일과 관련이 있다고 여겨졌다. 이들 업자가 구사한 회유의 말은 많은 돈을 벌 수 있고 가족의 부채를 갚을 수 있는 좋은 기회, 게다가 편한 일과 신천지에서 새 생활을 누릴 수 있다는 전망이었다.'

다음은 〈요미우리 신문〉 기자였던 고마타 유키오의 증언이다.

'식민지 조선에서 온 여성 40~50명이 양곤에 도착했다. 위안소를 개설해 신문기자들에게 특별 서비스를 해준다는 말을 듣고 뛸 듯이 기뻐하며 위안소로 향했다. 그런데 고마타 유키오의 상대였던 여성은 23~24세가량으로 소학교 교사였다. 학교 선생이 어쩌다가 이런 곳까지 오게 되었느냐고 물었더니 속아서 끌려온 것이라고 대답했다. 그 여성은 이곳에 16~17세의 처녀가 8명 있는데 이 일이 싫다고 울며 뜬눈으로 지내고 있으니 도와줄 방법이 없겠느냐고 그에게 도움을 청했다. 그는 궁리한 끝에 헌병대로 도망가서 도움을 청하라, 어린 소녀들이 달려가면 뭔가 대책을 강구해줄지 모른다, 혹시 자칫하면 도리어 처벌을 받을지도 모른다, 그러나 지금 미얀마에서 과연 무슨 방법이 있겠느냐고 대답했다.'

— 「그들은 왜 일본군 '위안부'를 공격하는가」 (휴머니스트)

엄마,
저 왔어요

1946년, 고향

머칠 후 우리가 탄 배는 일본 시모노세키 항구에 도착했다. 드디어 밟아보는 일본 땅이었다. 일본 방직공장에 취직하러 가는 줄 알고 따라나섰던 길이, 8년 만에 처참한 상처를 안고 돌아오는 길이 될 줄 누군들 상상이나 했을까.

우리 넷은 허망한 심정을 달래며 혹시나 헤어지게 될까 봐 손을 꼭 잡고 함께 행동했다.

"조선으로 갈 사람들은 이쪽으로 모이세요."

안내인이 확성기를 들고 외쳤다. 우리는 그 사람을 따라 여관으로 갔다. 여관엔 이미 많은 여자가 모여 있었다. 이 사람들도 나처럼 일본군에게 짓밟힌 사람들일 것이다. 그러나 포로수용소에서 미군 조사관에게만 모든 사실을 밝혔을 뿐, 결코 겉으로 드러낼 수 없는 기막힌 상처였다.

다음 날 아침 일찍, 부산 가는 배를 타게 된다고 했다. 부산이란 말만 들어도 고향에 다 간 것처럼 설레었다. 우리는 사람들 틈에서 거의 뜬 눈으로 밤을 새웠다.

이튿날, 안내인이 주먹밥을 나눠 주면서 빨리 먹고 밖으로 나오라고 했다. 부두에 가보니 이미 발 디딜 틈 없이 많은 사람으로 북적거렸다. 우리를 배에 태우려던 안내인은 배표를 구하지 못했다면서 다시 여관으로 돌아가 기다리라고 했다. 얼마나 많은 사람이 일본에 끌려왔는지, 배편이 턱없이 부족하다고 했다. 하루라도 빨리 일본 땅을 벗어나고 싶었지만, 부산까지 가는 배표를 마련하기까지는 며칠 더 기다려야 했다.

며칠 후 우리는 다시 시모노세키 부두로 나갔다. 부두는 여전히 아수라장이었다. 다행히 우리는 포로협정에 따라 큰 군함에 탈 수 있었지만, 개인 신분으로 조선에 돌아가는 사람들은 여전히 배편을 구하기가 쉽지 않아 발을 동동 굴렀다. 우리는 미군 덕분에 일반 사람들보다 빨리 돌아갈 수 있게 된 것이다.

우리를 태운 군함이 부산을 향해 출발했다. 강제로 징용되었다가 사지에서 돌아온 남자들도 많았다. 여자들도 많았는데 내 눈에는 모두 슬퍼 보였다.

'내일이면 꿈에 그리던 고향 땅을 밟을 수 있겠지.'

미순 언니가 가슴을 쓸어내리며 말했다.

"그렇게도 그리던 고향으로 가는데, 왜 이렇게 가슴이 답답하고 초조한지 모르겠어. 너희는 괜찮니?"

"나도 그래요. 마냥 좋아야 하는데, 숨이 잘 쉬어지지 않아요."

"난 손발이 자꾸만 오그라드는 것 같아. 왜 이럴까?"

막내 끝녀가 울먹이며 눈물을 훔쳤다. 나도 마찬가지였다.

'엄마 얼굴을 어떻게 볼까. 엄마에게 뭐라고 해야 할까.'

남들이 볼까 봐 속울음을 삼키며 끝녀를 달랬다.

"끝녀야, 돌아오지도 못할 줄 알았는데, 이렇게 집에 갈 수 있게 되었잖아. 나중 일은 나중에 생각하자. 드디어 집에 가는 거잖아. 그렇게도 그리던 고향 집에."

끝녀에게 해준 말이 아니라 나 스스로 달래는 말이기도 했다. 미순 언니도, 삼례도 눈가가 벌게져 있었다. 나는 객실 안이 답답해서 사람들을 비집고 갑판으로 나왔다. 망망대해가 끝없이 펼쳐졌다. 바다는 아무 일도 없었던 것처럼 무심하게 푸른 물결만 출렁거렸다.

'복순 언니처럼 만리타향에 묻힌 사람들은 얼마나 많을까. 방공호에서 고혼이 된 불쌍한 사람들, 전쟁터로 끌려가거나 고향으로 돌아가기 위해 배를 탔다가 배가 침몰해 바닷속에 가라앉았을 사람들, 전쟁터에서 총알받이로 죽어간 사람들은 또 얼마나 많을까.'

나는 살아 돌아온 것만으로 감사하자고 스스로 달랬다.

다음 날 아침 해가 떠올랐다. 시뻘건 햇덩이를 보니 가슴이 서늘해졌다. 붉은 햇살이 섬뜩한 핏빛으로 보였다. 아름다운 풍광을 봐도 깊은 상처 때문에 그저 아름답게만 느껴지지는 않는 것 같았다.

엄마, 저 왔어요

갑판에 있던 사람들이 큰소리로 외쳤다.

"저기 오륙도가 보인다! 드디어 부산이야, 부산!"

"아, 정말이네. 정말 오륙도가 보여. 저 앞이 바로 부산이야."

모두 선실로 돌아가 짐을 챙겼다. 나는 챙길 짐도 없었다.

시모노세키를 떠난 배는 만 하루 반나절 만에 부산항 부두에 도착했다. 바다에 떠다니는 기뢰 때문에 예정보다 한나절이나 늦게 도착했다고 한다. 어떤 배는 돌아오는 길에 기뢰와 충돌해서 산산조각이 났다는 소문도 들렸다.

배가 부산 앞바다에 들어섰다. 부두에 닿기도 전에 모두 줄을 섰다. 1초라도 빨리 내려 내 나라 땅을 밟고 싶어 했다. 그러나 배가 하선장에 닿았지만 바로 내릴 수 없었다. 전염병 조사를 받아야 한다고 했다. 이튿날 배에서 내리자마자 온몸에 하얀 가루를 뿌렸다. 디디티라고 했다. 부두에서는 '귀국선'이란 노래가 흘러나왔다. 사람들은 그 노래를 들으며 서로 얼싸안고 눈물바람을 했다.

안내인이 부산역에서 집까지 타고 갈 기차표를 주었다. 끝녀는 옥천까지 가는 표였고, 나와 삼례와 미순 언니는 천안까지 함께 가서 거기서 갈아타야 했다. 천안에서 삼례는 호남선을 타고, 나와 미순 언니는 장항선으로 갈아타는 표였다. 기차에 오르니 사람이 어찌나 많은지 옴짝달싹할 수도 없었다.

기차가 기적을 울렸다. 기차는 꿈에 그리던 조선의 들판을 달렸다. 들녘에는 벼가 누렇게 익어 황금벌판을 보는 듯했다. 막내인 끝녀가 옥천에서 내릴 시간이 되었다. 우리는 헤어지기 전에 끝녀를 꼭 끌어안았다.

"꼭 행복하게 잘 살아야 해. 이전 일들은 모두 다 잊어버려."

미순 언니가 당부하듯 말했다. 끝녀가 눈물을 글썽이며 고개를 끄덕였다.

"어서 가. 제발 잘 살아야 해. 우리는 꼭 그래야 해."

"언니들도요. 언니들도 잘살아야 해요. 다 잊어버리고 행복하게."

끝녀는 작별인사를 하고도 쉽게 내리지 못했다. 기차가 출발하려고 기적을 울릴 때에야 급히 기차에서 내렸다.

우리는 천안에서 내렸다. 삼례는 호남선으로 갈아타야 하는데, 기차에서 내린 후 계속 흐느껴 울기만 했다.

"왜 그러니? 어서 집에 가야지. 기차 놓치겠어."

내 말에 삼례가 고개를 저었다.

"언니, 집이 가까워지는 게 두려워. 난 돌아가지 않을래. 이런 몸으로 엄마를 볼 수가 없어. 식구들도 마찬가지고. 난 안 갈래. 언니들이나 어서 늦지 않게 가."

"무슨 소리야? 집에 안 가면 어떻게 하려고?"

"이제 아무것도 겁나는 게 없어. 나 혼자 살래요. 하고 싶었던 공부도 하고. 내 한 몸뚱이 굶어 죽지는 않을 거야. 걱정하지 마. 언니들이나 어서 가요."

삼례는 이미 단단히 결심한 것 같았다. 삼례는 우리에게 손을 흔들며 개찰구 밖으로 빠져나갔다. 우리는 멀어지는 삼례를 멍하니 바라

엄마, 저 왔어요

보았다.

나는 삼례의 심정이 어떨지 정말 잘 알 듯했다. 나 역시 삼례처럼 홀로 살아야 한다는 생각과 가족에게 돌아가고 싶은 마음이 오락가락했다. 하지만 일단 고향 집으로 가기로 했다. 엄마와 춘식이가 너무나 그리웠다. 그들을 안 보고 살 수는 없었다.

나와 미순 언니는 착잡한 심정으로 장항선 기차를 탔다. 둘 다 합덕역에서 내리기로 했다. 미순 언니는 고향을 떠난 지 3년 만이었지만, 나는 8년 만에 찾아가는 고향이었다. 돈을 벌겠다고 고향을 떠났는데 빈손으로 돌아오다니, 너무 기가 막혔다. 이제 합덕까지는 넉넉잡아 두 시간이면 도착할 거리였다.

연초록 나뭇잎들이 막 물이 오르던 봄에 떠났는데, 계절은 완연한 가을로 접어들어 길옆에선 코스모스가 한들거렸다. 하늘은 예전처럼 맑고 높았다. 올망졸망한 산봉우리들도 정답게 어깨를 맞대고 있었고, 시냇물도 전처럼 다정하게 흐르고 있었다. 모든 것이 예전 그대로인데, 나 혼자만 몹쓸 세상에 버려졌다가 돌아오는 것 같았다.

미순 언니와 함께 합덕역에서 내렸다.

"이제 헤어질 시간이구나. 지난 일 모두 깨끗이 잊어버리고 행복하게 살아야 해."

"응, 언니도."

우리는 서로 손을 맞잡은 채 눈을 맞췄다. 금세 눈물이 고였다. 미순 언니가 코맹맹이 소리로 말했다.

"춘자야, 우리 서로 그리워도 마음속으로만 그리워하고 만나지는 말자."

미순 언니의 말이 무슨 뜻인지 알고도 남았다. 나는 눈물을 닦으며 고개를 끄덕였다. 언니는 예산이 집이었고, 나는 서산행 버스를 탔다. 이제 한 시간만 가면 꿈에도 그리던 고향 땅이었다.

'엄마는 온다간다 말도 없이 사라진 이 못난 딸을 얼마나 원망했을까. 엄마에게 뭐라고 말해야 할까. 날마다 죽지 못해 살아왔노라고 해야 할까.'

그러나 사실대로 말할 수는 없었다. 엄마를 비참하게 만들어서는 안 된다.

'춘식이는 장가를 갔을까. 내가 떠날 때 열한 살 꼬마였는데, 이제 청년이 되었겠지.'

온갖 생각이 꼬리를 물고 가슴을 휘저었다. 엄마를 보면 그동안 사무치던 그리움이, 눈물이 되어 폭포처럼 쏟아질 게 뻔했다.

'너무 울어도 안 돼. 참아야 해. 혹시라도 엄마가 모든 걸 알게 되면 어떡해. 그러면 절대 안 돼.'

고향이 가까워질수록 침착해지자고 다짐했다. 드디어 서산 읍내가 보였다.

'아, 내 고향 서산.'

차부에 내리니 어느덧 해가 서쪽으로 기울고 있었다. 8년 만에 집으로 돌아가는 길인데, 엄마에게 고기 한 근 끊어갈 돈이 없다고 생

엄마, 저 왔어요

각하자 눈물이 또 흘렀다.

'전쟁 중이라서 월급도 못 받았다고, 그래서 돌아오는 것조차 힘들었다고 해야 할까.'

짐이라고는 달랑 보퉁이 하나. 그 속엔 수용소에서 나눠준 속옷과 머리빗과 수건이 전부였다. 엄마에게 드릴 게 아무것도 없었다.

버스에서 내려 학돌재 쪽으로 걸었다. 올망졸망한 야산들이 서로 어깨를 포갠 듯 붉은 노을을 이고 있었다. 삼거리를 지나니 멀리 간월도에서 짭조름한 갯내음을 실은 저녁바람이 고개 숙인 벼 이삭들을 흔들었다. 논 냄새, 벼 냄새, 솔바람 냄새, 꿈마다 그리던 고향의 흙냄새가 왈칵 눈물이 되어 쏟아졌다. 누가 볼세라 서둘러 눈물을 닦고 먼 하늘을 바라보았다. 저녁 어스름에 잠긴 도비산이 멀리 떠났다 돌아오는 내게 '고생이 많았구나' 하고 말을 거는 것 같았다.

이윽고 학돌재 고갯마루에 올라섰다. 우뚝 선 소나무들이 나를 안타깝게 내려다보는 것 같았다.

'혹여 아는 사람이라도 마주치지 않을까.'

나는 죄짓고 도망치듯 괜히 사방을 두리번거리며 재게 걸었다.

산자락에 옹기종기 모여 있는 초가집 굴뚝에서 저녁연기가 모락모락 피어나고 있었다. 우리 집 굴뚝에서도 연기가 피어올랐다. 엄마! 아궁이에 불을 때고 있는 엄마가 보이는 듯했다. 마당 가에 희끄무레하게 사람이 움직이는 것도 보였다.

'엄마일까. 춘식이일까.'

나는 학돌재 큰바위 뒤에 숨어서 빨리 어두워지기를 기다렸다.

이윽고 어둠이 내리고 마을에 호롱불이 하나둘 밝혀졌다. 나는 그제야 발길을 떼었다. 한 걸음, 한 걸음, 얼마나 밟고 싶던 땅이었는지 발걸음이 마치 땅에 입을 맞추는 느낌이었다. 어느 집에서 개 짖는 소리가 들렸다. 자꾸자꾸 걸음이 빨라졌다. 드디어 집 앞에 이르렀다. 창호지 문으로 호롱불이 어른거렸다. 엄마 그림자가 방 안에서 흔들렸다. 사립문을 급히 밀었다.

"엄마!"

목소리가 제대로 터져 나오지 못했다.

"엄마, 저 왔어요!"

갑자기 방문이 활짝 열렸다.

"누, 누구라고? 추 춘자냐?"

엄마가 맨발로 뛰어나왔다.

"아이고, 춘자야. 이게 웬일이냐? 살아 있었구나. 천지신명님 감사합니다. 어서, 어서 들어가자."

나는 흐느끼는 엄마 품에 그대로 쓰러져 안겼다. 눈물이 폭포처럼 쏟아졌다.

"아이고. 어디 갔다가 이제 온 거냐. 응? 이 어미는 네가 죽은 줄만 알았어."

나는 엄마를 부여잡고 방 안으로 들어와 큰절부터 올렸다.

"그렇게 오랫동안 편지 한 장 없이 도대체 어디 있었니, 아유, 이제

엄마, 저 왔어요

살아 돌아왔으니 됐다, 이제 됐어."

엄마도 나도 제대로 말을 잇지 못하고 눈물만 쏟아냈다.

"엄마, 죄송해요. 나도 엄마가 얼마나 보고 싶었는지 몰라요. 춘식이는요?"

엄마가 꺽꺽 울면서 대답했다.

"춘식이도 2년 전에 일본에 있는 탄광으로 끌려갔다. 내가 전생에 무슨 죄를 많이 지었다고 생떼 같은 자식들을 하루아침에 떠나보내고 살아야 했는지. 춘식이도 며칠 전에야 편지가 왔다."

엄마는 내 손을 만져보고, 얼굴도 더듬어보고, 상처는 없는지, 다친 곳은 없는지 세세히 살피며 중얼거렸다. 살아 돌아왔으니 이제 됐다고, 도비산 부석사에 발이 부르트도록 다니면서 살아 돌아오기를 빌었다고, 부처님과 천지신명님 덕으로 내가 돌아왔다며 울었다.

나는 엄마 품에 어린애처럼 안겨서 엄마의 체온을 느끼는 게 좋았다. 몹쓸 꿈을 꿀까 봐 눈을 감을 수가 없었다. 우리는 다시 만난 기쁨으로 밤을 꼴딱 새워도 조금도 졸리지 않았다.

아버지가 돌아가시자마자 딸이 떠나가고, 춘식이까지 일본으로 간 다음 엄마 혼자 얼마나 모진 세월을 살았을지, 엄마의 손이 말해주었다. 그런 엄마에게 내 안의 상처까지 보여줄 수는 없었다. 내가 여자로서 죽은 사람이나 다름없는 뼈아픈 상처를 안고 돌아왔다는 사실을 알게 해서는 안 되었다. 다시는 아기를 가질 수 없게 된 딸, 시집가서 자식 낳고 행복하게 살 수 없는 딸이라는 걸 엄마는 절대로 알아서는 안 되었다.

이튿날 아침 일찍 엄마가 외출할 채비를 했다. 밤이라서 알아채지 못했는데 야위고 거칠어진 엄마 얼굴과 손을 보니 가슴이 쓰렸다.

"어디 가시려고요?"

"어서 너도 채비를 서둘러라. 너를 살려주신 부처님께 불공부터 드려야지. 이렇게 살아온 게 다 부처님 은덕이다. 암. 그렇고말고."

엄마가 새 옷을 내밀었다.

"이 옷으로 갈아입어. 네가 살아 돌아오기를 기다리며 만들어 두었던 옷이야."

검정 치마에 옥색 저고리였다.

옷을 입고 마당에 나와 집을 둘러보니 엄마 혼자서 견딘 세월의 주름으로 곳곳에 골이 져 있었다. 이엉을 새로 얹지 못한 초가지붕이 움푹움푹 파였고, 문창호지도 덕지덕지 기워져 있었다. 마당도 엄마 얼굴의 깊은 주름처럼 골이 패였고, 동글동글 정겹던 돌담 벽에도 이가 빠진 것처럼 구멍이 나 있었다. 변하지 않은 것은 엄마의 부지런한 모습이었다.

엄마를 따라 부석사로 갔다. 나는 아무도 만나고 싶지 않지만 엄마의 간절한 청은 거부할 수가 없었다. 어릴 때, 4월 초파일이면 엄마 손을 잡고 오르내리던 절이 부석사였다. 이따금 산새들이 울었다. 엄마가 산을 오르며 말했다.

"이 길이 닳도록 절에 다니며 빌었다. 너도 춘식이도 무사히 돌아

엄마, 저 왔어요

오게 해달라고. 다 부처님의 은공이야. 춘식이도 무사하다니 얼마나 다행이냐. 윤 대감댁 아들은 소식이 끊겼어. 살았는지 죽었는지도 모른단다."

윤 대감댁 아들이면 진규 오빠였다.

'아, 오빠도 기어이.'

나에게 왔다 간 앳된 군인들이 떠올랐다. 나는 얼른 고개를 저어 아픈 기억을 털어냈다.

절에 도착하니 스님이 합장하며 우리를 맞았다. 엄마와 함께 법당에 들어가 예불을 드리는 동안 나는 간신히 울음을 참았다. 스님의 목탁 소리에 맞춰 불공을 드리면서 마음속으로 복순 언니의 명복도 빌고, 리암의 명복도 빌고, 진규 오빠가 돌아오게 해달라고 빌었다.

예불을 마치고 밖에 나와 멀리 짙푸른 서해를 굽어보았다. 창개와 검은 여엔 검푸른 바닷물이 들어와 있었다. 저 멀리 바다 건너편엔, 피로 얼룩진 내 청춘이 시퍼런 분노로 출렁이고 있었다.

며칠 후부터 학돌재 마을에 8년 만에 내가 돌아왔다는 소문이 쫙 퍼졌다. 동네 아주머니들은 엄마에게 어서 사윗감을 찾아 나를 시집보내야 한다며, 이미 혼기를 놓쳐서 걱정이라고 했다. 엄마는 만나는 사람마다 부탁하듯 말했다.

"좋은 혼처 있으면 중매들 좀 하세요. 짝을 맺어주는 일만큼 덕을 쌓는 일이 없답니다."

"그럼요. 중매 세 쌍만 맺어주면 극락으로 갈 수 있다잖아요. 더 늦어지기 전에 우리도 춘자 신랑감을 백방으로 찾아보리다."

그 다음 날부터 읍내에 산다는 중매쟁이까지 우리 집 문지방이 닳도록 드나들었다. 나는 점점 부담스러웠다.

어느 날, 나는 엄마에게 간곡하게 말했다.

"엄마, 저는 시집 안 갈래요. 엄마랑 함께 살고 싶어요. 춘식이도 없는데 엄마 혼자 두고 어떻게 시집을 가요. 엄마, 제가 집에 오자마자 저를 떠나보내려고 하시니 서운해요. 그러니 매파들에게 제발 그만두라고 하셔요."

엄마는 나 때문에 열녀 가문에 흠집이 날까 봐 노심초사하는 것 같았다. 그런 엄마를 보면서, 그토록 돌아오고 싶던 집이었지만 점점 부담스러웠다. 차라리 삼례처럼 혼자 숨어서 살고 싶기도 했다.

보름달이 환한 어느 밤이었다. 아무리 자려고 해도 잠이 오지 않아 엄마 몰래 밖으로 나와 찬물로 세수하고 밤바람을 쏘일 때였다. 언제 나왔는지 엄마가 나를 물끄러미 바라보고 서 있었다.

"엄마!"

"그래. 오늘은 얘기 좀 하자꾸나. 어서 들어가자."

나는 아무 말도 못 하고 엄마를 따라 방으로 들어갔다. 불을 켜려고 하자 엄마가 조용히 말했다.

"놔둬라. 어두워야 편하게 말할 수 있을 거다. 난 네가 살아 돌아온 것만도 천지신명에게 감사한다. 그러니 마음을 가볍게 먹어라."

엄마 말을 듣자마자 눈물이 소나기처럼 쏟아졌다.

엄마, 저 왔어요

"엄마, 죄송해요."

"네가 무슨 죄가 있냐? 몹쓸 세상 탓이지. 어쩌겠니. 그래도 살아야지. 이 어미에게 못할 말이 뭐가 있어. 아픈 상처는 끌어안고 있으면 더 곪는다. 몹쓸 기억들은 다 쏟아내고 새 출발 해야지. 어유, 불쌍한 것."

"죽으려고도 했는데……"

"네 잘못이 아니야. 끌고 간 놈들 잘못이고, 짐승 같은 놈들 잘못이지. 네가 무슨 죄가 있어? 어린 나이에 끌려가서 얼마나 고생했으면……"

"엄마, 이런 꼴로 돌아와서 너무 죄송해요."

"죄송한 게 아니래도. 네 탓이 아니란 말이다. 어미 걱정은 하지 마라. 춘식이가 곧 돌아오겠지. 시골 동네가 너무 좁아 탈이구나."

그날 밤 엄마와 나는 새벽이 다 되어서야 자리에 누웠다. 한참 만에 엄마가 물었다.

"자냐?"

"아뇨."

"하고 싶은 말 있으면 다 털어내거라."

"엄마, 엄마 짐작대로 저는 시집갈 수 없는 몸이에요. 그러니."

나는 억지로 입술을 깨물었다.

"그렇다고 평생 혼자 몸으로 늙을 수는 없잖니……. 남들 이목도 있고……"

엄마가 한숨을 길게 내쉬었다. 나는 차마 아기집까지 **빼앗겼다는** 말을 할 수가 없었다.

"제가 당분간 집을 떠나 살면……."

"이제 겨우 사지에서 돌아왔는데 또 어딜 간단 말이냐, 안 된다. 하지만 춘식이가 돌아오지 않았으니 이사할 수도 없고."

나는 더는 할 말이 없었다. 그렇게도 그리던 집에 돌아왔지만, 다시 엄마 가슴에 대못을 박는 내 처지가 너무나 한스러웠다.

동네 사람들 보기가 무섭고 두려웠다. 누가 집에 찾아오거나 빨래터에서 사람을 만나도 불안했다. 모든 사람이 내게 손가락질하고, 뒤에서 수군대는 것 같았다.

날이 갈수록 가슴이 답답해서 어떤 날은 주먹으로 가슴을 쾅쾅 쳐야 숨이 쉬어졌다. 때때로 가슴에서 불덩이가 치밀었다. 찬물을 벌컥벌컥 마셔도 뜨거운 불덩이는 식지 않았다. 얼굴이 화끈거려 방문을 활짝 열어놓아야 숨이 쉬어졌다. 밤에도 쉽게 잠이 들지 않았다. 잠자리에 누웠다가도 벌떡 일어나 찬바람을 쏘여야 했다.

엄마와 마주 앉는 것도 고통스러웠다. 이렇게 살려고 고향에 돌아온 게 아닌데, 나는 점점 사람이 싫었다.

그해 겨울, 춘식이가 일본에서 돌아왔다. 나는 그제야 마음이 놓였다. 이제 엄마의 짐을 덜어야겠다고 생각했다. 그건 내가 마을에서 사라지는 일이었다.

나는 도비산 정수리의 잔설이 반짝이던 봄날 꼭두새벽에, 엄마와

엄마, 저 왔어요

춘식이가 곤히 잠든 틈을 타서 몰래 집을 나왔다. 내 한 몸 먹고 사는데 어려움은 없을 것 같았다. 더 빼앗길 것도 없고, 더 버릴 것도 없었다.

사람들 속에 섞여 있어야 사람들로부터 무심한 존재로 살 수 있었다. 나는 서울로 올라와 닥치는 대로 일을 했다. 일에 몰두하는 동안에만 나를 잊을 수 있었다. 나를 잊어야, 아니 잊은 척해야, 수시로 치밀어 오르는 분노의 불덩이를 겨우 식힐 수 있었다. 그 불덩이를 꺼뜨려 보려고 병원을 들락거리며 약도 먹었지만 소용이 없었다. 의사에게도 사실을 털어놓을 수는 없었다. 내 안에 있는 분노의 불씨는 내가 살아 있는 동안에는 영원히 꺼지지 않으리라는 걸 알았다.

서울에 올라온 지 3년 후에 한국전쟁이 터졌다. 나는 서둘러 고향에 내려가 엄마 곁에 있었다. 춘식이는 군대에 갔고, 난리 통이라 동네 사람들도 정신이 없었다. 휴전을 코앞에 두고 전쟁이 막바지로 치닫던 날, 춘식이는 가장 치열한 전투였다는 철원전투에서 고혼이 되었다.

나는 엄마를 서울로 모셔와 함께 살면서 전쟁고아들을 돕고 보살폈다. 내 도움을 받고 커가는 아이들을 보며 내가 결코 맛볼 수 없는 모성본능을 채웠는지도 모른다. 내 안에 잠들어 있는 분노의 불덩이가 고개를 쳐들 때마다 그것을 잠재울 수 있는 유일한 방법은 전쟁고아들에게 사랑을 쏟는 일이었다. 엄마는 나를 도우며 지내다가 다시는 돌아올 수 없는 먼 길로 떠났다. 엄마에게는 내가 끝내 한스러운 딸이었을 것이다.

그 무렵 갑작스러운 사고로 아내를 잃은 이웃집 사내를 남편으로 맞았다. 그 사내는 핏덩이 아이를 안고 먼저 세상을 떠난 아내 뒤를 따르려던 절박한 찰나에 내 눈에 띄었다. 나는 그 사내보다 핏덩이 아이를 살리고 싶었다. 그래서 자청해서 그의 아내가 되었다. 나는 그 아이를 이 세상에서 가장 사랑했다. 내 딸은 내 모든 상처를 치유해 주었고, 처참하게 짓밟힌 내 영혼을 구원해 주었다.

그러나 남편에게는 늘 떳떳하지 못했다. 온전한 사랑을 쏟고 싶어도 나 스스로 부족한 존재라는 생각 때문에 남편에게 만족스러운 아내 노릇을 하지 못했다. 마음으로는 갈구하면서도 행동은 엉뚱하게 빗나갈 때가 잦았다. 내게서 만족을 얻지 못하고 방황하는 남편을 나는 미워할 수도 없었고 미워해서도 안 되었다. 온전한 사랑은 심신이 온전할 때에만 가능하다는 것을 절실히 느꼈다.

금지옥엽 내 딸은 잘 자라주었다. 좋은 짝을 만나 결혼도 했다. 그리고 세상 무엇과도 바꿀 수 없는 귀한 외손녀도 내 품에 안겨주었다.

외손녀는 내게 딸보다 더 소중한 한 송이 꽃이었다. 외손녀가 커가는 걸 보는 게 최고의 행복이었다. 외손녀가 내 눈에 안 보이면 별별 생각이 다 들었다. 누군가에게 붙잡혀 가서 나처럼 끔찍한 짓을 당할까 봐 늘 전전긍긍했다. 내 마음을 다스릴 수가 없었다.

내 조바심은 때때로 도를 넘었다. 행동이 늘 앞섰고 그 결과는 언제나 후회스러웠다. 외손녀에 대한 내 집착은 나도 어쩌지 못했다.

엄마, 저 왔어요

딸과 외손녀에게 원망을 들어도 막상 눈앞에 외손녀가 보이지 않으면 나는 안절부절못했다. 이성은 내가 도를 넘고 있다고 경종을 울렸지만 소용이 없었다. 과거의 참혹했던 아픔은, 내 집착을 점점 중증으로 만들었다.

나는 늙는 것이 두려웠다. 내 몸을, 내 정신을 스스로 조정할 힘을 잃어가고 있다고 깨달을 때마다 가슴이 떨렸다. 혹여 내 딸과 외손녀에게 불행했던 내 과거의 불똥이 튈까 봐 무서웠다.

어느 날, 텔레비전에서 나와 같은 위안부들을 보게 되었다. 나는 무척 괴로웠다. 나도 당장 달려가 일본에게 사죄하라고 외치고 싶었다. 이제는 식었다고 여겼던 분노의 불덩이가 가슴에서 용암처럼 끓어올랐다. 내 병을 고치는 길은 세상으로 나가 내가 겪은 끔찍한 일을 밝혀 응어리진 한을 푸는 일일 것이었다. 그러나 내 사랑하는 딸과 외손녀가 이 할미의 실체를 알게 될까 봐 두려웠다.

금쪽같은 내 외손녀가 초등학교를 졸업하는 날, 나는 내 육체의 마지막 쉼터를 나눔의 집으로 정하기로 했다. 그리고 아무도 모르게 집을 나왔다. 내 딸과 외손녀 곁을 떠나야 당당하게 내 과거를 밝히고 내가 당한 끔찍한 고통에 대해 일본에 사과와 사죄를 요구할 수 있었다.

결국 나는 나눔의 집에 와서 진정한 안식을 찾았다. 한동안 내 딸이 나를 찾느라 노심초사할 것을 생각하면 가슴이 아팠지만, 시간이 내 딸을 치유해줄 것으로 믿는다.

다행스럽게도 딸을 만나 나는 엄마가 될 수 있었고, 세상에서 가장 사랑하는 외손녀를 갖게 되었으니 더 무엇을 바라랴. 하루에도 수십 번씩 내 딸에게, 내 외손녀에게 달려가고 싶다. 그러나 그 마음의 몇 배로 두려움이 앞선다. 일본군에게 더럽혀진 한 맺힌 내 상처들이 혹시 내가 사랑하는 사람들에게 단 한 방울의 오점이라도 될까 봐 겁이 난다.

내 외손녀는 고결하고 행복하게 살아야 한다. 그래서 오늘도 마음속으로만 외손녀를 그리워한다. 내가 살아보지 못한 아름답고 행복한 여자의 삶을 그 애가 온전히 누리고 살 수 있기를 기도하며, 오늘도 남몰래 닳고 닳은 사진을 어루만진다.

내가 겪은 끔찍했던 위안부의 삶 모두를 이 글에 밝혔다. 나는 이제야 평안을 얻은 것 같다. 내 안에 고인 엄청난 고통을 꺼내 증언했다는 데 더 큰 의미가 있다. 이제 내 생애의 남은 날 동안 참혹한 전쟁으로 내 곁에서 죽어간 모든 사람을 위해 기도하며 살고 싶다.

일본은 여전히 사죄는커녕 손바닥으로 하늘을 가리느라 급급하다. 나는 수많은 목숨을 잔인하게 빼앗고 무자비하게 인권을 유린한 일본을 도저히 용서할 수 없다.

역사는 반드시 진실이 드러나게 되어 있다. 인간에겐 정의가 있고, 양심이 있어서 이를 거스르는 자들은 결코 평안을 얻지 못한다는 것을 나는 믿는다. 그들의 불쌍한 영혼을 위해서 나는 오늘도 용서하는 연습을 하지만, 아직도 내 안에는 분노의 마그마가 출렁거린다.

일본의 진정한 사과가 이루어져서, 사람을 사람으로 대하지 않고

엄마, 저 왔어요

물건이나 도구로 대하는 세상이 사라진 세상에서 우리 아이들이 평화롭게 사는 날이 오기를 바란다.

아베 신조 일본 수상의 위안부 강제연행 부인과 달리 일본군이 중국과 동남아시아 등지에서 강제적으로 '위안부'를 연행한 증거가 여러 곳에서 확인되었다.

일본군이 인도네시아를 점령하던 중 벌어진 '스마랑 위안소사건'은 일본군이 인도네시아와 자바 섬 스마랑 억류소에 있던 네덜란드 여성 24명을 강제 연행해 '위안부'로 삼은 사건으로 1992년 〈아사히 신문〉 7월 21일 자 석간과 8월 30일 자 주간에 대서특필되었고, 당시 법무성 도서관이 그 자료를 소장하고 있었다.

스마랑 사건 이외에도 인도네시아 마젤랑 사건, 플로렌스 섬 사건, 중국의 산시 성 사건, 하이난 섬의 재판기록 등이 있다. 그 외 팔렘방으로 파견된 미쓰비시 석유회사의 증언에 따르면, 1945년 방카 섬에서 일본군이 유괴와 인신매매로 젊은 여성을 연행했다고 회상하며 1944년 무렵 남방에는 위안부가 많이 필요했고, 조선은 배편이 너무 멀어 현지여성을 징발했는데, 쌀이나 금품을 부모에게 주고 다른 일을 시킬 것처럼 속여서 데려와 매춘용으로 공급했다는 기록을 남겼다.

고노 담화에서도 '당시 한반도는 일본의 통치 아래 있어 그 모집, 이송, 관리 등도 감언, 강압에 의하는 등 대체로 본인의 의사에 반해 행해졌다.'고 분명하게 인정했다.

– 「그들은 왜 일본군 '위안부'를 공격하는가」 (휴머니스트)

소녀상을
지켜라

현재, 서울

　유리는 외할머니의 구술집을 읽고 한동안 멍하니 앉아 있었다. 유리가 상상조차 할 수 없는 엄청난 일들을 외할머니가 겪었다는 사실이 쉽게 믿어지지 않았다.

　'일본은 어떻게 그 어린 소녀를 끌어다 그토록 악랄한 짓을 저질렀을까.'

　외할머니가 겪은 삶은 외할머니 혼자서 감당할 만한 것이 아니었다.

　'그토록 끔찍한 세월을 외할머니는 어떻게 홀로 견뎌내셨을까.'

　외할머니가 나눔의 집에 찾아간 건 정말 잘 결정한 일이었다.

　'엄마도 이 모든 사실을 다 알고 있을까. 친엄마인 줄 알았던 외할머니가 새엄마이자 위안부였다는 사실에 얼마나 큰 충격을 받았을까. 내 친할머니는 누굴까?'

　외할아버지는 엄마의 친아버지가 분명했다. 엄마는 외동아이였고 외할아버지는 전쟁 때 이북에서 내려와 남한에는 친척이 하나도 없다고 했다. 그러니 지금 와서 엄마의 친어머니가 누군지 물어볼 사람도 없었다.

유리는 외할머니가 왜 그토록 자신을 과보호했는지 구술집을 읽고 나서야 이해할 수 있었다. '엄마는 외할머니의 삶을 어디까지 알고 있는 걸까.'

그동안 낯선 사람처럼 행동했던 엄마도 이제는 이해가 되었다.

마침 수요일이 다가오고 있었다. 엄마는 아침식사를 마친 후 외출 준비를 하고 있었다. 유리는 엄마에게 먼저 다가갔다.

"엄마, 어디 나가실 거예요?"

"응? 응. 수요일이라 갈 데가 있어서."

유리는 나눔의 집 원장이 해준 말이 생각났다. 직감적으로 수요집회라는 생각이 들었다.

"엄마, 저도 함께 갈래요. 수요집회 가려는 거죠?"

엄마가 화들짝 놀라 되물었다.

"네가 간다고? 수요집회에?"

"엄마, 실은 지난 토요일에 나눔의 집에 다녀왔어요."

"나눔의 집에? 너 혼자서?"

나눔의 집에서는 유리의 부탁대로 비밀을 지켜주었다.

"네. 저 혼자요. 그리고 이 책도 받아왔어요."

"무슨 책? 아, 구술집이 나왔구나. 나도 기다렸는데, 벌써 읽었니?"

엄마가 구술집을 두 손으로 어루만지다가 외할머니 사연이 실린 곳을 펼쳤다.

"언젠가 너에게 다 말하려고 했는데……."

"솔직히 엄마가 요즘 너무한다 싶었어요. 그래서 외할머니보다 엄마를 이해하려고 나눔의 집에 갔는데, 구술집을 읽고 나서 엄마도 외할머니도 다 이해할 수 있었어요."

"고맙다. 난 지금도 믿어지지 않아. 네 할머니의 그 엄청난 고통을 까맣게 모른 채 살았어. 나 자신이 너무 미워. 너무 이기적인 딸이었어. 위안부 문제로 세상이 시끄러워도 나와 상관없는 일이라고 생각했던 자신이 너무 한심하더라. 네 할머니에게 말로 다 할 수 없을 만큼 미안해. 나눔의 집 할머니들을 만난 후, 그분들한테도 정말 미안하더라. 왜 이제야 귀를 기울이게 되었는지, 그게 너무 가슴 아파."

엄마가 손수건을 꺼내 흐르는 눈물을 닦았다.

"엄마, 만약에 외할머니가 돌아가시기 전에 모든 사실을 털어놓았다면 그땐 어땠을 것 같아요?"

"유리야, 외할머니가 내 친엄마든 아니든 그게 중요한 게 아니었어. 가장 괴로운 건 외할머니한테 내가 너무나 무심한 딸이었다는 거야. 정말 후회돼. 내가 아주 형편없는 딸이었다는 사실을 너한테 말하기가 부끄러웠어. 언젠간 모두 말해야지 하면서 용기를 못 냈던 거야."

엄마가 말을 끊은 채 한동안 어깨를 들썩였다.

난 엄마를 위로하고 싶었다.

소녀상을 지켜라

"엄마만 그런 게 아니잖아요. 나도 외할머니를 지겹게만 생각했잖아요. 위안부 할머니들에게 관심도 없었어요. 나뿐만 아니라 주변 사람들도 비슷할 거예요. 엄마만 그런 게 아니라고요."

엄마가 천천히 고개를 저었다. 벌게진 눈엔 핏발이 서 있었다.

"유리야, 외할머니가 돌아가신 뒤에야 나 자신을 들여다보게 되었다는 게 괴로워. 내가 어렸을 때는 어쩔 수 없었다 해도, 네가 이만큼 클 때까지도 외할머니의 고통을 들여다볼 생각조차 못했어. 외할아버지와 불화가 잦았을 때도 내가 조금만 철이 있었다면 이유를 알아내려고 노력했을 거야. 물론 외할머니는 이해할 수 없는 행동을 많이 했어. 그때마다 난 외할머니를 이상한 사람 취급했단다. 신경과민이라고 무시하고. 유별나다고 핀잔주고. 단 한 번이라도 왜 그런지 그 마음을 읽어내려고 노력해본 적이 없어. 그게 너무 후회돼."

"엄마가 물었어도 외할머니는 사실을 말하지 않았을 거예요."

"그랬을까. 내가 좀 더 살가운 딸이었더라면, 관심을 갖고 함께 풀려고 노력했더라면, 어쩌면 그 고통을 나눌 수 있지 않았을까. 그러지 못했다는 게 무척 괴롭다."

엄마가 계속 고개를 저었다.

"유리야, 외할머니는 나를 끔찍하도록 애지중지해서 주변에서도 지나친 과보호라고 걱정할 정도였어. 그래서 난 나밖에 모르고 자랐단다."

"엄마, 너무 자책하지 마세요. 외할머니를 위해서요."

"내가 너만 낳고 아이를 그만 낳겠다고 했을 때, 외할머니가 무섭게 화를 냈지. 그 이유를 이제야 알게 되었어. 외할머닌 일본군에게 아기집을 **빼앗겨서** 평생 아이를 못 낳는 게 가장 큰 한이었을 거야. 난 외할머니에게 사랑을 받기만 하고 아무것도 해 드린 게 없어. 유리야, 너한테도 미안해. 내가 나를 용서할 때까지 너한테 조금 소홀하더라도 이해해줄 수 있겠니?"

"엄마, 너무 괴로워하지 않았으면 좋겠어요. 외할머니는 엄마와 내가 있어서 행복했다고 하셨어요. 그러니까……."

갑자기 목이 메었다. 사실은 나도 후회되는 일이 많았다.

"엄마, 그래도 외할머니가 구술집에서 모든 걸 밝히고 가셔서 다행이에요. 이제 나도 외할머니의 한을 풀어 드리는 일에 앞장서고 싶어요."

"그래. 나눔의 집에 계신 할머니들이 모두 너무 늙으셔서 앞으로 얼마나 사실지 몰라. 난 요즘 마음이 급해졌어. 정말 시간이 없거든. 일본에 반드시 제대로 된 사과를 받아내야 하고, 평화의 소녀상도 끝까지 지켜야 해."

"알았어요. 이제라도 외할머니를 위해 앞장설게요. 수요집회에 같이 가요."

엄마가 유리의 어깨를 감싸 안았다. 중학교 졸업식 날부터 몇 주간의 일들이 몇 달이나 흐른 것처럼 느껴졌다. 유리는 오랜만에 예전의 모녀 사이로 돌아간 것 같았다.

자신의 삶뿐만 아니라 아기집까지 강제로 **빼앗긴** 우리 외할머니. 그 처절한 역사를 구술로 남기신 우리 외할머니. 우리 불행한 역사의

소녀상을 지켜라

한 페이지를 뚜렷하게 보게 해주었다. 인간의 목숨을 아무렇지도 않게 여기는 미치광이들은 감히 신의 영역까지 침범했다. 채 피어나지도 않은 꽃송이들조차 마음대로 전쟁터로 끌어가서 꺾어버리고, 가장 숭고한 생명의 씨앗을 보듬어야 하는 여성의 중심까지 짓이기다니, 그것은 영원히 용서받을 수 없는 끔찍한 범죄였다.

유리는 며칠 남지 않은 고등학교 입학식날까지 수요집회 말고 더할 일이 없을까 인터넷을 검색했다. 대학생 언니들이 평화의 소녀상을 철거하지 못 하도록 꽃샘추위로 눈발이 흩날리는 데도 일본대사관 앞에서 밤을 지새우며 지키고 있었다. 위안부 할머니들을 위해 저렇게 고생하는 언니들도 있는데, 외할머니의 손녀인 자신은 더 열심히 해야 마땅했다.

유리는 할 일을 찾았다는 기쁨에 가슴이 뛰었다. 학원수업이 끝나자마자 일본대사관 앞으로 달려갔다. 대학생 언니들이 비닐천막을 치고 여전히 소녀상을 지키고 있었다. 유리는 다음 날 저녁 대학생 언니와 밤을 새우기로 약속하고 집으로 돌아왔다.

다음 날 저녁, 유리는 방한복을 입고 털모자에 털장화까지 챙긴 후, 엄마에게 신고하듯 말했다.

"엄마, 외할머니를 위해 할 일을 찾았어요."

엄마가 어리둥절한 채 유리의 옷차림을 살폈다.

"이 밤에 어딜 가려고?"

"대학생 언니와 약속했어요. 소녀상을 지킬 거예요."

"꽃샘추위 때문에 바람이 매서워. 지금 밖이 얼마나 추운데!"

"엄마, 아무리 추워도 외할머니가 당했던 고통에 비하면 아무것도 아니에요. 걱정하지 말고 주무세요."

엄마가 손난로를 여러 개 챙겨주며 말했다.

"나도 대학생들이 소녀상 철거를 반대하면서 밤을 새우는 거 텔레비전에서 봤어. 갔다가 너무 추우면 언제든 전화해라. 데리러 갈게."

유리는 엄마의 말에 눈물이 핑 돌아 마른 침을 꿀꺽 삼켰다.

"이제 저도 고등학생이에요. 어린애가 아니라고요. 견디기 어려우면 돌아올게요."

엄마의 눈에도 눈물이 어른거렸다. 유리는 손난로가 든 배낭에 담요를 챙겨 넣고 씩씩하게 길을 나섰다.

찬바람이 양 볼을 때렸다. 눈발도 흩날렸다. 약속한 언니는 벌써 나와 자리 잡고 앉아 있었다. 유리는 그 언니 옆에 앉았다.

바닥에 돗자리를 깔았는데도 냉기가 올라왔다. 지나가는 시민이 손난로를 주기도 했다.

유리는 대학생들이 걸어놓은 문구들을 보았다.

〈한일합의 전면무효〉

'외할머니가 돌아가시기 전에 일본 정부에게서 진정한 사과를 받아 냈다면 얼마나 좋았을까.'

가만히 앉아 있으니 오들오들 떨렸다. 그래도 외할머니의 삶에 비하면 이 정도는 아무것도 아니라는 생각으로 버텼다. 곁에는 언니들

소녀상을 지켜라

도 있었다. 서로 손도 불어주고, 발도 털옷으로 감싸주었다. 사람들 발걸음이 점점 줄어들고 사위가 고요해졌다.

"잠들면 안 돼. 추위에 잠이 들면 위험하거든. 졸리면 손끝을 꼭꼭 눌러. 발바닥도 꼭꼭 눌러주면 잠이 달아난대."

대학생 언니가 유리에게 말했다. 그때였다. 엄마가 커다란 보퉁이를 들고 다가왔다.

"유리야! 괜찮니?"

"엄마! 왜 오셨어요?"

"너의 외할머니가 호통을 치시더라. 추운데 너를 내보냈다고. 그래서 달려왔어. 이불도 가지고 왔지. 나도 함께해도 되지?"

대학생 언니가 어리둥절해서 나와 엄마를 쳐다보았다.

"우리 엄마예요."

엄마는 인사를 받자마자 비닐천막 속으로 들어와 앉았다.

생각해보니 나였어도 엄마처럼 달려왔을 것 같았다. 외할머니의 딸이 아닌가.

유리는 소녀상의 발을 어루만지며 외할머니에게 가만히 속삭였다.

"할머니, 엄마와 함께 할머니의 소원을 꼭 이루어 드릴게요. 소녀상도 꼭 지켜낼 거예요."

작가의 말

일제강점기 우리나라가 일본에게 당한 수많은 고통 중에서도 일본군 위안부 할머니들이 겪은 참상은 아무리 이야기해도 지나치다고 할 수 없다.

2015년 12월 28일, 한일외교장관 회담과 한일정상 전화회담으로 합의하면서 일본군 위안부 문제가 일단락되었다고는 하지만, 그 결과는 안타깝게도 모두가 만족할 만한 성과는 아니었다.

나는 오래전부터 일본군 위안부 할머니들의 이야기를 가슴에 품었지만, 선뜻 쓸 수가 없었다. 할머니들이 겪은 끔찍한 고통들을 글로 풀어내는 일이 결코 쉽지 않았기 때문이다. 단편적으로 할머니들의 참상을 알고 있는 사람들은 많지만, 나는 이 책을 통해 일본군 위안부 할머니들이 당한 엄청난 고통을 총체적으로 다루고 싶었다. 지금까지 책에서 다뤄진 위안부 할머니들의 모습보다 훨씬 끔찍한 실상을 있는 그대로 담아내려고 노력했다. 글을 쓰는 동안 가슴을 쓸어내리면서 한동안 멈췄다가 다시 이어쓰기를 수없이 반복했다.

이 책을 쓰기로 결심하게 된 동기는 일본의 르포 사진기자 이토 다카시의 기사를 보고 나서였다. 이토는 일본 저널리스트로 1999년, 2015년 두 차례 북한을 방문해 담아온 영상을 공개하며 다음과 같이 말했다.

"나는 올해 5월에서 6월에 걸쳐 19일간 평양에 체류하면서 많은 피해자를 취재했다. 그중에서도 일본군에 의해 성노예가 된 일본군 위안부 여성들의 증언과 그들 몸에 깊이 새겨진 상흔에 커다란 충격을 받았다."

이토는 과거 태평양 전쟁 당시 자기 나라 군대인 일본군이 한국 여성 위안부들에게 저지른 끔찍한 만행의 흔적을 목격한 후, 자신이 만난 할머니들의 사진을 적나라하게 게재하고 할머니들의 증언을 상세하게 기록해 놓았다. 나는 그 기사에서 위안부 할머니들이 자궁 적출을 당했다는 사실을 읽는 순간, 기가 막히고 치가 떨렸다.

어린 여자들을 끌어다 성욕을 배출하는 도구로 썼을 뿐만 아니라, 전쟁의 패색이 짙어지자 후퇴하면서 수많은 목숨을 생매장하다시피 하며 버렸던, 도저히 용서할 수 없는 자들도 바로 일본군이라는 사실을 이토는 있는 그대로 파헤쳐 기록했다. 인간으로서 감히 저질러선 안 될 신의 영역까지 침범한 일본군의 만행을 세상에 드러낸 사람이 바로 일본 기자라는 사실에 나는 무척이나 고무되었다. 일본 정부가 지금까지도 진정한 사과는 하지 않으면서 대부분을 은폐하고 부정하고 있는 것과는 아주 대비되는 일이었다.

이 책은 내가 펴낸 일제 강점기와 관련한 여러 책과 더불어 또 한 권의 역사 소설로 추가될 것이며, 역사적 사실을 바탕으로 한 기록이 될 것이다.

일제강점기 강제징용으로 끌려간 청년들이 노예처럼 석탄을 캐다가 탄광이 무너져 지금까지도 남의 나라 바다 속에 누워 있는 초세이 탄광 수몰사고를 바탕으로 쓴 『검은 바다』, 일본에 의해 멀리 멕시코까지 팔려간 슬픈 기민들의 이야기 『에네껜 아이들』, 연해주와 러시아에 사는 고려인들이 일본의 첩자가 될 것이라는 우려 때문에 스탈린에 의해 중앙아시아로 강제이주 당한 이야기 『까레이스키, 끝없는 방랑』, 초기 독립운동의 중심지인 연해주에서 안중근을 비롯한 독립투사들의 대부 역할을 했던 『독립운동가 최재형』, 그리고 일본에 잔인하게 살해된 비운의 명성황후 사건이 녹아든 『궁녀 학이』까지, 내가 쓴 책들 중에는 일본이란 나라가 우리에게 얼마나 많은 고통을 안겨 주었는가를 소재로 한 것들이 많다.

그중에서도 같은 여자로서 위안부 할머니들의 처절한 고통을 그려내는 일이 가장 힘들었다. 하지만, 불행한 역사적 사실들을 가감 없이 드러내야 한다는 사명감이 내게 커다란 용기를 주었다.

위안부 할머니들의 아픈 과거를 들춰내는 일이 그분들에게 죄송스러울지라도 반드시 우리가 알아야 한다. 다시는 불행한 역사의 소용돌이에 휘말리지 않기 위해서라도 인간으로서 도저히 행할 수 없는 끔찍한 범죄를 저지른 일본군을 고발하고 싶었다.

안타깝게도 위안부 할머니들이 한 분, 두 분 한 많은 삶을 마감하고 계신다. 살아 계신 분들의 건강을 빌며 이미 돌아가신 위안부 할머님들께도 부디 내세에서는 생전에 못다 피운 소녀의 꿈들을 활짝 펼치시기를 간절히 빈다.

2016년 광복절을 보내며
문영숙